여
름
의

La vraie vie

겨
울

INSTITUT
FRANÇAIS

Cet ouvrage a bénéficié du soutien des Programmes d'aide à la publication de l'Institut français.

이 책은 프랑스문화원의 출판번역지원프로그램의 도움으로 출간되었습니다.

여름의 / 겨울

La vraie vie

아들린 디외도네 장편소설 | 박경리 옮김

arte

차례

여름의 겨울

일러두기

· 이 책의 원제는 "진짜 삶(La vraie vie)"으로, 본문에 등장하는 "진짜 삶"은 원제를 반영한 표현이다.
· 옮긴이 주는 괄호 안에 '옮긴이'를 넣어 표기하였다.

우리 집에는 방이 네 개 있었다. 내 방, 동생 질의 방, 부모님 방, 그리고 시체들의 방.

뿔이 미처 자라지 않은 어린 사슴이나 다 자란 사슴, 멧돼지. 그리고 스프링복, 임팔라, 누, 오릭스, 코브처럼 아프리카나 아시아에 사는 동물들의 크고 작은 머리, 몸 여기저기가 잘린 얼룩말까지.

단상 위에는 온전한 사자 한 마리가 어린 가젤의 목덜미를 송곳니로 꽉 물고 있었다.

그리고 한쪽 구석에는, 하이에나가 한 마리 있었다.

생전 모습 그대로 박제된 하이에나는 여전히 살아서, 자신과 마주친 눈빛에 떠오르는 공포를 한껏 즐기고 있었다. 나는 그렇다고 확신했다.

벽에는 액자들이 걸려 있었는데 그 속에선 아버지가 사냥총을 들고 죽은 동물을 밟은 채 자신감 넘치는 모습으로 서 있었다.

짐승 위에 한쪽 발을 올려놓고 한 손은 주먹을 쥐어 허리에 얹었으며 다른 한 손으로는 승리를 상징하는 무기를 치켜들고 있는, 언제나 똑같은 포즈였다. 그 모습은 한 가정의 아버지라기보다는 학살로 인해 분비된 아드레날린에 잔뜩 취한 반군 민병대처럼 보였다.

아버지 최고의 수집품이자 자부심은 바로 코끼리 엄니, 상아였다. 어느 날 저녁 아버지는 어머니에게, 코끼리를 죽이는 일이 가장 어려운 건 아니라고 이야기한 적이 있다. 그렇다. 그 짐승을 죽이는 것은 지하철 통로에서 암소 한 마리를 때려잡는 것만큼이나 간단한 일이었다.

정말로 어려운 부분은 밀렵 감시인들의 시야에서 벗어나 밀렵꾼들과 긴밀히 연락을 주고받는 일이었다.

그런 다음 아직도 따뜻한 코끼리 머리뼈에서 엄니들을 뽑아낸다. 신성한 도살이다.

그 모든 일에는 적으나마 비용이 들었다. 바로 그 때문에 아버지가 그 전리품을 그토록 자랑스러워했다고 생각한다. 코끼리 한 마리를 죽이는 데에는 꽤 큰돈이 필요했기 때문에 아버지는 다른 사냥꾼과 분담해야만 했다. 그리고 각자 엄니 하나씩을 손에 넣고 떠났다.

나는 상아 쓰다듬는 걸 좋아했다. 상아는 커다랗고 매끄러웠다. 하지만 아버지에겐 들키지 않아야 했다. 아버지는 우리가 시체들의 방에 들어가지 못하게 했기 때문이다.

아버지는 거대한 사람이었다. 어깨는 도축꾼처럼 떡 벌어졌고 손은 거인 같았다. 그 손으로 애송이의 목 같은 건콜라 병 따듯 쉽게 따 버릴 수 있을 것 같았다.

사냥을 제외하고, 아버지가 삶에서 열정을 보이는 대상은 딱 두 가지 있었다. TV와 위스키였다. 어떤 동물을 죽여 볼까 지구 구석구석 찾아다닐 때가 아니면 아버지는 항상 손에 글렌피딕 위스키 한 병을 들고, 소형차 한 대 값어치는 나갈 법한 스피커를 TV에 연결하곤 했다.

아버지는 가끔 어머니와 이야기를 하기도 했지만, 만약 어머니 대신 그 자리에 무화과나무를 갖다 놓는다 해도 절대로 알아차리지 못했을 것이다.

어머니는, 어머니는 나의 아버지를 무서워했다.

정원을 가꾸고 어린 염소들을 돌보는 일에 집착했다는 것 말고는, 내가 어머니에 대해 말할 수 있는 건 거의 없다. 어머니의 머리카락은 길고 부드러웠다. 몸은 무척이나 말랐다. 아버지를 만나기 전에는 어떻게 살아왔는지 나는 모른다. 하지만 상상해 본다. 어머니의 삶은 매우 원시적이고 단세포적이며 거의 반투명했을 것이다. 아메바. 세포의 원형질, 핵, 식포. 그리고 아버지와 지낸 수년에 걸쳐 그 보잘것없는 존재는 점차 두려움으로 채워졌을 것이다.

부모님의 결혼사진을 볼 때면 언제나 흥미로웠다. 저 아득한 내 기억 속에서, 사진 앨범 속에서, 나는 찾아본다. 두 사람의 기묘한 조합을 설명할 수 있는 무언가를. 사랑이라거나 감탄, 존경, 기쁨, 미소…… 그 어떤 것을…….

하지만 단 한 번도 찾을 수 없었다. 결혼사진에서조차 아버지는 사냥 사진을 찍을 때와 같은 태도였지만, 자부심은 덜해 보였다. 분명 아메바가 아주 경탄할 만한 전리품은 아니었기 때문일 것이다. 유리잔에 담긴 아주 적은 물만으로도 얍! 쉽게 붙잡을 수 있었을 테니까.

막 결혼했을 무렵에 어머니는 아버지를 무서워하지 않았다. 그저 아버지 옆에 놓인 꽃병 같았다.

커 갈수록 나는 그 두 사람이 어떻게 아이를 둘이나 낳을 수 있었을까 궁금했다. 내 동생과 나를 말이다. 그리고 나는 곧 그 일에 대해 생각하는 것을 그만두었다. 하루가 저물 무렵 부엌 식탁 위에서 보았던 어떤 모습이 위스키 냄새와 더불어 생생히 떠올랐기 때문이다. 합의된 것처럼 보이진 않던 어떤 빠르고 격한 흔들림, 그리고…….

어머니의 주된 기능은 식사를 준비하는 것이었다. 아메바답게 창의적이지도 않고 취향도 없었으며 마요네즈를 엄청 많이 쓰곤 했다. 주로 크로크므시외, 페슈오통, 외프 미모사, 푸아송파네, 퓨레무슬린 같은 것들이었다.

우리 정원 뒤편으로는 프티팡뒤(des Petits Pendus. '교수형에 처해진' 혹은 '목 매달린 어린이들'이라는 뜻—옮긴이) 숲이 있었다. 초록과 갈색빛이 도는 비탈이 커다랗게 V 자를 그리는 계곡으로, 바닥에는 낙엽이 수북이 쌓여 있었다. 그 계곡 깊숙이, 낙엽에 절반쯤 파묻힌 모니카의 집이 있었다. 나는 질과 함께 자주 모니카네 집에 갔다. 모니카는 그 V 자가 용이 발톱으로 할퀸 흔적이라고 했다. 슬픔 때문에 미쳐 버린 용이 계곡을 팠다는 것이다. 아주 오래전 일이라고 했다. 모니카는 이야기를 정말 잘했다. 그녀의 긴 회색 머리카락은 꽃무늬 원피스 위로 춤추듯 흘러내렸고 손목의 팔찌들은 서로 부딪쳐 울리곤 했다.

"아주아주 오랜 옛날 여기서 멀지 않은 곳에 지금은 사라지고 없는 어떤 산이 있었어. 거대한 용 두 마리가 사는 곳이었지. 둘은 서로를 너무도 사랑해서 밤이 되면 신비하고도 아름다운 용들의 노래를 불렀어. 그런데 평야에 살던 인간들은 그 소리에 겁을 먹고 잠도 잘 수가 없었던 거야. 어느 날 밤, 용이 자신들의 노래에 만족해 살짝 잠들었을 때 인간들이 찾아왔어. 횃불과 쇠스랑을 들고 발끝을 높이 세우고 살금살금 다가가 여자 용을 죽여 버렸지.

남자 용은 너무 슬픈 나머지 미쳐 버려서, 평원에 사는 인간들을 남자, 여자, 아이 할 것 없이 모두 재로 만들어 버렸어. 모두가 죽었지. 그런 다음 용은 발톱을 세우고 땅을 힘껏 후려쳤다고 해. 그게 계곡이 되었지. 이후 식물이 다시 자라나고 인간들도 돌아왔지만, 발톱의 흔적은 여전히 남았어."

그리고 주변의 숲과 들판은 계곡보다 더 깊거나 덜 깊게 팬 흉터처럼 남게 됐다는 이야기였다.

질은 이 이야기를 무서워했다.

저녁이면 질은 용의 노랫소리를 들었다고 믿고는 내 침대로 숨어 들어오곤 했다. 그러면 나는 질에게 그건 그냥 이야기일 뿐이라고, 용은 존재하지 않는다고 말해 주었다. 모니카는 전설을 좋아해서 그런 이야기를 할 뿐, 진짜가 아니라고 말이다.

하지만 나 역시 마음 깊은 곳에 조금은 의심을 품고 있었다. 아버지가 여자 용을 전리품으로 들고 돌아오지는 않을까 언제나 두려웠던 것이다.

하지만 나는 질을 안심시키기 위해 어른스럽게 속삭이곤 했다. "이야기엔 원래 우리가 무서워하는 걸 몽땅 집어넣기 마련이야. 그래야 그런 일들이 진짜 삶에선 일어나지 않는다고 확신할 수 있거든."

나는 내 코 바로 아래에 놓인 작은 머리통의 냄새를 맡으며 잠드는 것을 좋아했다.

질은 여섯 살, 나는 열 살이었다. 보통 남매들은 싸우고, 질투하고, 소리 지르고, 징징거리고, 서로 죽도록 치고받고 싸운다. 우리는 그러지 않았다. 나는 어머니와도 같은 너그러움으로 질을 사랑했다. 그 애를 이끌고, 내가 아는 모든 것을 가르쳐 주었다. 누나로서 당연한 일이었다. 세상에 존재하는 가장 순수한 사랑이었다.

아무것도 돌려받고자 하지 않는 사랑. 파괴될 수 없는 사랑.

질은 항상 작은 젖니를 드러내고 웃었다. 그리고 그 웃음은 마치 작은 발전소처럼 언제나 나를 따뜻하게 해 주었다. 그래서 나는 질에게 낡은 양말로 인형을 만들어 주거나, 우스운 이야기를 지어내 들려주거나, 오로지 그 애만을 위한 쇼를 해 보이곤 했다. 간지럼을 태우기도 했다. 질이 웃는 소리를 듣기 위해서였다.

질의 웃음은 모든 상처를 치유할 수 있었다.

모니카의 집은 담쟁이로 절반쯤 뒤덮여 있었다. 예쁜 집이었다. 나뭇가지 너머로 태양이 질 때면 덩굴은 부드럽게 어루만지는 손가락처럼 보였다. 우리 집에서는 한 번도 태양의 손가락을 본 적이 없었다. 우리 동네에 있는 다른 집에서도 마찬가지였다.

우리는 '데모'라는 지역에 살고 있었다.

회색 빌라 쉰여 개가 마치 묘비처럼 줄지어 있는 마을이었다.

아버지는 그 모습을 '르데모슈(le Démoche. 마을 이름인

Démo에 '못생긴', '보잘것없는'이라는 뜻의 moche를 붙여 만
든 단어―옮긴이)'라고 불렀다.

1960년대에는 우리 마을 자리에 밀밭이 있었다.

1970년대 초엔 반년도 채 걸리지 않아 사마귀가 퍼지듯
빠르게 분양이 이루어졌다. 데모는 조립식 건축이라는 실
험적인 프로젝트의 최전선에 놓인 마을이었다.

데모. 뭐가 뭔지 알 수 없는 데모. 그 당시에 데모를 일
군 사람들은 무언가를 증명해 보이고 싶었을 것이다. 어
쩌면 그때 그 순간엔, 특별해 보였을지도 모른다. 하지만
20년쯤 지나자 그저 덩그러니 남겨진 못생긴 무엇이 되었
을 뿐이다. 예쁜 무언가가 있었을 수도 있다. 하지만 비에
씻겨 흘러 내려가 버렸다. 큰 광장으로 이어지는 길, 길 안
팎의 집들. 그리고 주위를 에워싼 프티팡뒤 숲.

우리 집은 길 바깥쪽 끄트머리에 있었다. 데모를 디자인
한 건축가가 직접 들어가 살기 위해 지은 집이어서 다른
집들보다는 조금 나았다. 하지만 그는 이 집에서 오래 살
지 않았다. 다른 집들보다 조금 더 컸고, 커다란 창문이 있
어 조금 더 밝았으며, 지하실도 있었다. 바보처럼 들리겠

지만, 지하실은 중요하다.

지하실은 지하수가 벽을 타고 올라가 집을 썩게 하는 것을 막아 준다. 데모의 집들에선 수영 가방 안에서 잊힌 채 곰팡이가 핀 타월 냄새가 났다.

우리 집에선 나쁜 냄새는 나지 않았다. 하지만 동물들의 시체가 있었다. 차라리 냄새 나는 집이 낫지 않을까, 나는 가끔 궁금해했다.

우리 집 정원은 데모 마을 집들 중에서 가장 넓었다. 잔디밭에는 공기를 넣어 쓰는 간이 수영장이 있었는데 햇빛을 잔뜩 받으며 잠든 뚱뚱한 여인처럼 보였다. 겨울이면 아버지는 수영장 물을 비우고 치워 버렸는데, 그러면 그 자리에는 누렇게 뜬 잔디 자국만 크고 둥글게 남았다.

정원 깊숙이, 숲 바로 앞에는 로즈메리로 장식한 염소 우리가 비스듬히 기울어 있었다.

염소는 모두 세 마리였다. 비스코트, 조제트, 무스카드. 하지만 조만간 다섯 마리가 될 터였다. 무스카드가 임신했기 때문이다.

어머니는 새끼를 얻기 위해 숫염소 한 마리를 데려왔는데, 이 일로 아버지와 한바탕해야 했다. 어머니에게서 아주 가끔만 볼 수 있는 낯선 모습이었다. 특히 염소와 관련된 일이라면 남편에게 맞설 수도 있는 모성 본능이 배 속 깊숙이에서부터 솟아나는 듯했다.

그리고 어머니에게서 그 모성 본능이 솟아날 때면, 아버지는 마치 학생에게 압도된 선생 같아져서는 입을 헤 벌린 채 헛되이 할 말을 찾았다.

아버지는 나무에서 자라는 버섯이 조금씩 집을 무너뜨리듯, 매 초마다 자신의 권위가 훼손되고 있다는 것을 알았다. 그러면 입을 뒤틀어 벌리고는 사냥개 같은 신음 소리를 냈고, 어머니는 자신이 이겼다는 사실을 깨닫고는 했다.

결국 다른 일에서 대가를 치르겠지만, 그 승리는 어머니를 위한 것이었다. 어머니는 특별히 기쁠 것도 없다는 듯 평소와 같은 아메바로 돌아갔다.

그렇게 무스카드는 새끼를 밸 수 있었고, 질과 나는 신이 났다. 우리는 새끼 염소가 태어나려는 아주 작은 신호라도 발견하기 위해 이리저리 살폈다.

아기들이 어떻게 태어나는지 설명해 주자 질은 웃음을 터뜨렸다.

"새끼 염소들은 똥꼬를 통해 나올 거야. 똥이 마렵다고 느낄 테지만 똥 대신 아기 염소 두 마리가 나오는 거지."

　"그런데 염소들은 어떻게 엄마 배 속으로 들어간 거야?"

　"들어간 게 아니야. 아빠 염소랑 함께 아기를 만든 거야. 서로 정말로 사랑했거든."

　"아빠 염소는 하루도 안 있고 갔잖아. 서로 알 시간도 없었는데 어떻게 사랑해?"

　"응, 그런 걸 바로 첫눈에 반했다고 하는 거야."

프티팡뒤 숲을 가로지르는 길은, 농부의 손이 닿지 않은 들판을 지나 곧바로 광활한 노란 모래 언덕으로 이어졌다. 나무뿌리를 붙들고 언덕을 내려가면 망가진 자동차들의 미로로 들어갈 수 있었다. 사람들 눈에 띄지 않는 곳이었다.

　　거대한 금속 무덤. 나는 그곳을 좋아했다. 자동차들은 움직이진 못해도 감각은 살아 있는 짐승 무리처럼 보였다. 나는 그것들을 가만 어루만지며 말을 걸곤 했다. 특히 새로 온 차들이 좋았다. 그들을 안심시켜 줘야만 할 것 같았다. 질이 나를 도와주었다. 우리는 자동차들에게 이야기를 건네며 오후를 보내곤 했다.

어떤 차들은 오래전부터 거기 있어서 잘 아는 사이 같았다. 거의 형체가 남지 않은 자동차들도 있었고, 가볍게 손상된 것들도 있었다. 보닛이 둘로 갈라지거나 차체가 갈기갈기 찢어져 완전히 망가진 자동차들도 있었다. 커다란 개가 잘근잘근 씹어 놓은 것 같았다. 나는 천장도 좌석도 남아 있지 않은 녹색 자동차를 가장 좋아했다. 보닛 부분이 선명하게 긁혀 있었는데 그 모습이 마치 유리잔에 담긴 맥주 거품 같았다. 무엇에 그렇게 긁혔는지 알고 싶었다. 질은 붐불레(la boumboulée. '쾅' 혹은 '쿵' 등 요란한 소리를 뜻하는 boum에 '공처럼 굴러가다'라는 뜻의 bouler를 합친 단어―옮긴이)를 가장 좋아했다. 질이 붙여 준 이름이었다. 붐불레. 재미있는 이름이었다.

우리는 물이 나오지 않는 커다란 세차 기계에 붐불레를 타고 들어간다고 상상하며 놀곤 했다. 붐불레는 여기저기 찌그러져 있었다. 우리는 차에 타고는 세차 기계에 들어가 있는 척을 했다.

나는 핸들을 잡고 소리쳤다. "붐불레! 붐불레! 붐불레!" 그러곤 차를 움직이게 하려고 운전석에 앉은 몸을 들썩이며 방방 뛰었다. 질의 마법 같은 웃음이 터져 나와 모래 언덕 꼭대기까지 울려 퍼졌다.

그러면 그 소리를 들은 폐차장 주인이 곧바로 들이닥쳤고, 우리는 도망가야 할 순간이 왔다는 것을 알았다. 미로는 그 아저씨 것이었고, 그는 우리가 거기서 노는 것을 좋아하지 않았다.

폐차장에서 노는 우리 같은 애들을 붙잡기 위해 주인아저씨가 늑대 덫을 놓아 났다고들 했기 때문에, 질과 나는 항상 땅을 살피며 발을 디디곤 했다.

우리 소리를 들고 폐차장 주인이 "이 녀석들!" 하고 고함치며 달려오면, 우린 숨도 못 쉴 정도의 공포와 싸우며 "이 녀석들!"로부터 아주 멀어지기 위해, 절대 붙들리지 않기 위해 나무뿌리를 붙들고 언덕을 다시 올라 도망쳐야만 했다.

주인의 몸은 무겁고 뚱뚱해서 모래 벽 위를 오를 수 없었다.

하루는 질이 붙든 뿌리가 너무 가느다란 나머지 그만 부러져 버렸다. 질은 자신을 붙들려는 통통한 손 바로 옆으로 떨어졌다. 질이 고양이처럼 펄쩍 뛰었고 나는 간신히 질의 소매를 붙잡을 수 있었다. 우리는 곧장 그곳을 빠져

나왔다.

일단 꼭대기에 다다르면 우리는 여전히 두려움에 질린 채 웃음을 터뜨렸다. 그러고는 그 이야기를 들려주려고 담쟁이덩굴 아래로 모니카를 찾아갔다.

모니카 역시 웃긴 했지만 우리에게 충고했다. 아저씨를 화나게 하지 말라고.

모니카는 해변의 향기를 풍기며 낡은 클랙슨 같은 목소리로 말했다. "어린이들, 알다시피 가까이하면 안 되는 사람들이 있어. 너희도 알게 될 거야. 너희 하늘을 어두워지게 하는 사람들이 있기 마련이란다. 너희 기쁨을 빼앗아가고, 너희 어깨 위에 앉아 너희가 날아오르지 못하게 하지. 그런 사람들을 멀리해. 폐차장 주인 역시 그 중 하나야."

나는 폐차장 주인이 질의 어깨에 앉아 있는 모습을 떠올리고는 웃음을 터뜨렸다.

조금 후 음악 소리가 들려오자 우리는 데모로 향했다. 차이콥스키의 「꽃의 왈츠」였다. 매일 저녁 항상 같은 시각에 지나가는 아이스크림 트럭이었다.

우리는 아버지에게 돈을 받으러 갔다.

질은 항상 두 스쿱이었다. 바닐라 딸기 맛.

나는 항상 휘핑크림을 얹은 초콜릿 스트라치아텔라 (stracciatella. 바닐라 아이스크림에 초콜릿이나 쿠키 조각을 올려 먹는 젤라토―옮긴이)였다.

사실 휘핑크림은 금지였다. 왜인지는 모르지만 아버지가 허락하지 않았다. 그래서 나는 집에 들어가기 전에 크림을 재빨리 꿀꺽 삼켜 버리곤 했다.

그것은 나와 동생, 그리고 트럭 너머 친절한 할아버지 사이의 비밀이었다. 벗어진 머리에 키가 크고 호리호리한 할아버지는 언제나 갈색 벨벳 양복을 입었으며 나이가 아주 많았다.

할아버지는 항상 눈에 웃음을 띠고 자갈 같은 거친 목소리로 이렇게 말했다. "녹기 전에 얼른 먹으렴, 얘들아. 바람이 불고 해가 떠 있으니 아이스크림엔 최악이구나."

어느 여름날 저녁, 우리는 정원으로 난 테라스의 푸른 돌 위에 앉아 어머니가 만든 페슈오통을 먹었다. 아버지는 이미 글렌피딕 병을 들고 TV 앞에 자리를 잡으려 일어난 후였다.

아버지는 우리와 함께 시간 보내는 것을 좋아하지 않았다. 우리 가족 중 저녁 식사 때 다 함께 모여 있는 시간을 좋아한 사람은 아무도 없다고, 나는 믿는다. 하지만 아버지는 우리에게, 그리고 스스로에게도 그 의식을 강요했다. 왜냐하면 원래 그런 것이었기 때문이다. 가족이라면 당연히 다 함께 식사를 해야 한다고. 즐겁든 즐겁지 않든. TV에서는 항상 그랬다. TV에서만은 모두가 행복해 보였다. 특히 광고 속에서. 그들은 함께 이야기하고, 웃었다. 사람들은 아름다웠고 서로 사랑했다. 가족이 함께 보내는 시간은 어떤 보상처럼 보였다. 페레로로쉐 같은 건 회사나 학교에서 열심히 일하거나 공부하면 맛볼 수 있는 즐거움인 것만 같았다.

우리 집에서 가족 식사란, 커다란 잔에 담긴 오줌을 매일 마셔야만 하는 벌과 비슷했다.

매일 저녁이 신성한 의식에 따라 흘러갔다. 아버지는 TV를 보면서 나오는 뉴스마다 어머니에게 설명을 했는데 마치 어머니에겐 최소한의 정보도 이해할 만한 지성이 없다는 듯한 태도였다. 아버지에게는 뉴스가 중요했다. 실시간으로 의견을 덧붙이면서 자신이 거기에 어떤 역할을 하고 있다고 느끼는 것 같았다. 이 세상이 좋은 방향으로 발전하기를 기다리면서 아버지의 의견을 기다리는 것처럼 말이다. 뉴스 엔딩 화면이 흐르면 어머니는 소리쳤다. "식탁으로 와요!"

아버지는 TV를 켜 두었고 모두가 밥을 먹기 위해 말없이 자리에 앉았다.

아버지가 소파로 돌아가려고 일어나는 순간에야 비로소 자유가 찾아왔다. 바로 그날 저녁 역시 다른 날들과 다름 없었다.

질과 나는 식탁에서 일어나 정원으로 나갔다.

해는 저물어 가는 하루의 마지막 순간을 빛으로 어루만지며 달콤하게 졸인 꿀 냄새 같은 향기를 풍겼다.

현관 전실에서는 어머니가 앵무새 코코의 새장을 청소하고 있었다. 코코를 새장에 가두어 두는 것은 잔인한 일이라고 말하고 싶었다. 무엇보다도 다른 앵무새들은 정원에 살았기 때문이다. 참새와 박새 같은 작은 새들의 먹이를 모조리 먹어 없앨 정도로 많은 앵무새가.

녀석들은 우리 집 정원 벚나무에 열리는 버찌도 채 익기 전에 먹어 치웠다. 데모에서 몇 킬로미터 떨어진 동물원에서 살던 앵무새들이었다. 작은 동물원이었는데 근처에 생긴 놀이공원이 사람들을 끌어 모으자 망해 버렸다.

동물들은 모두 다른 동물원으로 팔려 나갔다. 하지만 아무도 앵무새는 신경 쓰지 않았다. 앵무새를 운반하는 데드는 비용이 너무 비쌌기 때문이다. 그래서 동물원 책임자는 아주 간단하게도, 그냥 새장 문을 열어 버렸다. 아마도 추위에 얼어 죽을 거라고 생각했을 것이다. 하지만 예상과 달리 앵무새들은 잘 적응해서 둥지를 만들고 새끼를 길렀다. 그리고 항상 떼 지어 다니며 하늘에 커다란 녹색 구름을 만들어 내곤 했다. 예쁜 구름이었다. 시끄럽긴 했지만, 그래도 예뻤다.

도대체 왜 불쌍한 코코는 새장에 갇혀 다른 앵무새들이 자기들끼리 즐겁게 지내는 모습을 바라보아야만 하는지, 나는 이해할 수 없었다. 코코는 시장에서 데려온 녀석이기 때문에 다르다고, 그래서 다른 새들과 어울릴 수 없다고 어머니는 말했다. 그렇다 해도 너무한 일이었다.

어머니는 코코의 새장을 청소하고 있었다.
아이스크림 트럭에서 「꽃의 왈츠」가 울려 퍼질 시각이었다.
트럭은 우리 집 기다란 담장에 멈춰 섰다.
아이스크림 할아버지가 재잘거리는 아이들 10여 명에게 둘러싸여 있었다.

모니카가 그랬다. 아이스크림 할아버지는 폐차장 주인

과는 다르다고. 아이스크림 할아버지는 상냥했다. 그에 대해 말할 때면 모니카의 눈빛은 낯설어졌다. 두 사람 모두 나이가 들었으니, 아마도 오래전 둘 사이에 어떤 일이 있었을지도 몰랐다. 아름다운 사랑 이야기, 오랜 원수 집안 사이에 얽힌 사랑 이야기 말이다. 그 무렵 나는 적지 않은 할리퀸 소설을 읽고 있었다.

아이스크림 할아버지가 질에게 바닐라 딸기 아이스크림을 건넬 때 그의 손이 보였다. 분명 노인의 손이었다. 그 손이 그의 생각보다 앞서 순순히 움직이며 단 한 번의 배신도 없이 아주 오랫동안 섬세하고도 정성스럽게 아이스크림을 만들어 왔을 모습을 상상하자, 무어라고 말할 수 없는 신뢰감이 샘솟았다. 그 손은 믿음직스러웠다. 게다가 아름다웠다. 솟아난 힘줄 위로 덮인 아주 얇은 피부, 그리고 개울 같은 푸른 핏줄.

할아버지는 나를 바라보며 눈에 미소를 띠었다.

"넌, 꼬마야?"

내 차례였다. 5분 전부터 내 머릿속에서는 짧은 문장이 맴돌고 있었다. 이유는 알 수 없지만 나는 갑작스럽게 아이스크림을 주문해야 하는 순간을 싫어했다. 내 앞으로 몇 명인가는 기다리고 있어야만 했는데, 그동안 내가 무엇을 먹고 싶은지 결정하고 주문할 말을 완성할 시간이 주어졌기 때문이다. 그래야만 망설임 없이 입을 열 수 있었다. 아이들 모두 각자 아이스크림을 손에 들고 떠나 아무도 남지 않았다. 우리가 마지막이었다.

"크림을 얹은 초콜릿 스트라치아텔라 콘으로 주세요."

"크림 말이지, 아가씨! 그런데 분명⋯⋯."

할아버지는 '크림'이라고 말하면서 항상 우리만의 비밀이지 하고 말하는 듯 내게 살짝 윙크했다.

그러고는 그의 두 손이, 그를 충실하게 따르는 두 손이 움직이기 시작했고 10만 번은 췄을 법한 짧은 춤을 반복했다. 콘, 아이스크림 스쿱, 초콜릿 한 덩이, 따뜻한 물통, 스트라치아텔라 한 덩이, 사이펀⋯⋯. 집에서 휘핑크림을 만들 때 쓰는 진짜 사이펀이었다.

노인은 내 아이스크림 위에 예쁜 회오리 크림을 얹어주려고 몸을 숙였다. 구름 같은 소용돌이에 집중하기 위해 그는 파란 눈을 크게 떴다. 우아하고도 정확한 동작이었다. 손은 얼굴에 바짝 붙였고, 사이펀은 그의 뺨에 맞닿

아 있었다. 크림 산이 정상에 다다른 바로 그 순간, 손가락이 막 힘을 빼려고 한 바로 그 순간, 노인이 몸을 일으키려고 한 바로 그 순간, 사이펀이 폭발했다. 펑. 나는 그 소리를 기억한다. 제일 처음 나를 공포에 떨게 한 소리다. 그 소리는 데모에 있는 모든 벽들을 울렸다. 프티팡뒤 숲 깊숙이 울려 퍼져 모니카의 집까지도 닿았음이 분명했다. 나는 그 친절한 노인의 얼굴을 보았다. 사이펀이 얼굴 속으로, 마치 차고에 들어간 자동차처럼 얼굴 속으로 들어가 있었다. 얼굴 반쪽이 사라지고 없었다. 벗어진 머리는 남아 있었다. 얼굴에는 살점과 뼈가 뒤섞여 있고, 그 가운데 하나밖에 남지 않은 눈이 있었다. 나는 그 모습을 분명히 보았다. 그러기에 충분한 시간이었다. 그는 놀란 것 같았다. 놀란 눈빛이었다. 노인은 자기 얼굴이 고깃덩어리가 된 줄도 모르고 무슨 일이 벌어졌는지 헤아리려는 것처럼 그 자리에 잠깐 서 있었다. 그러고는 쓰러졌다.

　마치 농담 같았다. 웃음소리까지 들려왔다. 진짜 웃음은 아니었다. 내가 웃은 것도 아니었다. 나는 그것이 죽음이었다고 믿는다. 아니면 운명이었거나. 그도 아니면 나보다 훨씬 거대한 어떤 것, 그날따라 짓궂게 굴고 싶었던, 모든 것을 결정하는 어떤 초자연적인 힘이었다고. 그 힘이 노인의 얼굴을 한 채 웃기로 결심했던 것이라고.

이후의 일은 거의 기억나지 않는다. 나는 비명을 질렀다. 사람들이 몰려왔다. 그들도 비명을 질렀다. 아버지가 나왔다. 질은 꼼짝도 하지 않았다. 눈을 크게 뜨고 작은 입을 벌린 채 자기 바닐라 딸기 아이스크림콘을 꼭 쥐고 있었다.

한 남자가 햄 조각과 함께 멜론을 토했다.

구급차가 도착했고, 이어서 시체를 운반할 차가 왔다.

아버지는 말없이 우리를 집으로 데리고 들어갔다.

어머니는 코코의 새장 앞에서 작은 청소용 솔을 들고 서 있었다.

아버지가 TV 앞으로 가서 앉았다.

나는 질의 손을 꼭 붙잡고는 염소 우리로 데려갔다. 질은 입을 벌린 채 어느 한 곳만을 뚫어져라 쳐다보며 몽유병자처럼 나를 따라왔다.

모든 것이 현실이 아닌 듯 느껴졌다. 정원, 수영장, 로즈메리, 깊어 가는 밤. 아니, 새로운 현실에 둘러싸인 것만 같왔다. 살과 피와 고통으로 가득한 야만적인 현실, 시간이 단조롭게 흐르는 냉혹한 현실. 다른 무엇보다도, 노인의 몸이 무너져 내릴 때 들려왔던 그 소리, 웃고 있던 그 힘이 지배한 현실. 내 안에서 나온 것도, 바깥 어딘가에서 들려온 것도 아닌 그 웃음. 그 힘과 마찬가지로 여기저기에, 모든 곳에 존재하는 웃음. 그 힘은 내가 어디에 있든 나를 찾아낼 것만 같았다.

숨을 곳은 아무 데도 없었다. 그리고 만약 내가 숨을 수 없다면, 다른 그 무엇도 존재하지 않을 터였다. 피와 공포 말고는 아무것도.

나는 염소들을 보러 가고 싶었다. 되새김질을 하는 그 무심함이 나를 안심시키고 현실로 이끌어 주기를 바랐다.

염소는 세 마리 모두 거기서, 풀을 뜯어 먹고 있었다. 앵무새 한 무리가 벚나무 가지에 앉아 있었다. 더 이상 아무것도 의미가 없었다. 나의 현실 세계는 녹아 사라졌다. 출구를 찾을 수 없는, 현기증 나는 무(無). 나를 에워싼 벽과 바닥과 천장조차 느껴질 정도로 너무나 명백한 무. 극심한 공황이 몰려와 숨이 쉬어지지 않았다. 나는 누군가가, 어른이, 내 손을 잡고 데려가 침대에 눕혀 주길 바랐다. 내 생의 방향을 바꾸어 주길 바랐다. 내일이 올 것이고, 이어서 또 그다음 날이 올 거라고, 그러면 결국 내 삶은 얼굴을 되찾을 거라고, 내게 말해 주길 바랐다. 피와 공포는 옅어질 것이라고.

하지만 아무도 오지 않았다.

앵무새들이 아직 푸른 버찌를 쪼아 먹고 있었다.

질은 여전히 입을 벌리고 눈을 크게 뜬 채 녹아내린 바닐라 딸기 아이스크림으로 뒤덮인 콘을 작은 손으로 꼭 쥐고 있었다.

만약 우리를 침대로 데려가기 위해 와 주는 사람이 아무도 없다면 나라도 질을 데려가야 했다. 그 애에게 어떤 이야기를, 진정이 될 만한 어떤 이야기를 해 주고 싶었지만 그럴 수가 없었다. 나는 여전히 공황 상태였고 목은 여전히 강렬하게 조이고 있었다. 나는 질을 내 방으로 데려가 함께 침대에 누웠다. 방 창문은 정원과 염소들과 숲으로 나 있었다. 떡갈나무가 바람에 춤을 추며 방바닥에 그림자를 드리웠다.

잠이 오지 않았다. 그때 어머니가 잠자리에 들기 위해 올라오는 소리가 들렸다. 그리고 한 시간 후, 아버지가 올라오는 소리가 이어졌다. 두 사람은 절대로 함께 침실로 가지 않았다. 하지만 여전히 한 침대를 썼다. 나는 그것이 '정상적인 가족' 패키지의 일부라고 생각했다. 식사를 함께하는 것과 마찬가지였다. 과연 둘 사이에 어떤 다정한 순간들이 있을지 나는 가끔 생각해 보곤 했다. 나랑 질 사이처럼 말이다. 그럴 것 같진 않았지만, 그러길 바랐다. 그 날, 그런 특별한 저녁이면 특히. 애정 없는 삶이란 건 상상조차 할 수 없었다.

나는 매분 라디오 시계를 확인했다. 1분이 점점 더 길어지는 것만 같았다. 토하고 싶었다. 하지만 간신히 잠든 질을 깨울지 몰라 몸을 일으킬 수 없었다. 그러고 싶지 않았다. 질이 등을 돌리고 누워 있어서 그 애의 눈은 보이지 않았다.

새벽 5시쯤, 밖에서 무언가가 나를 부르는 것 같은 직감이 들었다.

나는 정원으로 내려갔다. 평소보다 훨씬, 어둠이 두려웠다. 어떤 존재들이 나무 그늘 속에 숨어 내 얼굴을 삼켜 버리려 하는 것만 같았다. 아이스크림 할아버지의 얼굴처럼.

나는 염소 우리까지 갔다.

무스카드가 다른 염소들로부터 동떨어져 있었다.

그 꼬리 아래로 가늘고 긴, 끈적끈적해 보이는 무언가가
눈에 들어왔다.

나는 다시 방으로 올라갔다.

"질, 아기들이 나오고 있어."

이 말은, 크림을 얹은 아이스크림을 주문한 이후 처음으로 입 밖에 나온 이 말은, 이상하게 울렸다. 사라지고 없는 세계로부터 나온 말인 것만 같았다.

질은 움직이지 않았다.

나는 어머니를 깨우러 갔다. 어머니는 무척 흥분해서는 이미 내려와 있었다.

흥분한 아메바를 어떻게 묘사해야 할지 모르겠다. 완

전히 무질서하고, 서투르다. 매우 크고 빠르게 말하며 우왕좌왕 달린다. 따뜻한 물, 알코올, 소독약, 수건, 손수레, 짚…….

질도 보러 갈 수 있도록 침대에서 끌어냈다.

우리가 내려갔을 땐 벌써 작은 발굽 두 개가 나와 있었다. 이어서 주둥이가 나왔다. 무스카드는 밀어내고 매애애 울고, 밀어내고 매애애 울고, 또 밀어냈다. 고통스러워 보였다. 그리고 힘들어 보였다. 순간 아기 염소가 어미 몸 밖으로 미끄러져 나왔다. 무스카드는 다시 밀어내고 울고, 밀어내고 울고, 또 밀어내기 시작했다. 이상한 냄새가 났다. 몸과 내장에서 풍기는 미지근한 냄새. 또 한 번 아기 염소가 나왔다. 몸을 일으켜 새끼들을 핥는 무스카드의 몸뚱어리에서 커다란 갈색 덩어리가 빠져나와 바닥으로 떨어지면서 기름지고 역겨운 소리를 냈다. 무스카드는 돌아서더니 자기 배 밖으로 나온 그 갈색 덩어리를 먹기 시작했다.

미적지근한 냄새는 더욱 강해졌다. 냄새는 무스카드의 배에서 나와 이 땅의 대기를 완전히 채우려는 것만 같았다. 그 작은 암염소가 대체 어떻게 그런 냄새를 뿜어낼 수 있는지 궁금할 정도였다.

어머니는 엎드려서 새끼 염소들에게 입을 맞추기 시작했다. 둘 다 수컷이었다. 어머니는 끈적이는 작은 몸 여기저기에 입술을 대고 얼굴을 비볐다.

그런 다음 여전히 네 발로 엎드린 채 나를 돌아보고는 양수 찌꺼기가 묻어 얼룩진 얼굴로 말했다.

"하나는 퀴멩(Cumin. 미나리과 식물인 커민, 혹은 커민의 씨—옮긴이), 하나는 파프리카라고 부르자꾸나."

하루하루가 흘러갔고, 하루하루 더워졌다. 하얀 태양이 텅 빈 하늘로 솟아올랐다가 떨어졌다.

아버지는 예민해져 있었다. 고개를 푹 숙인 채 직장에서 돌아오곤 했다. 오랫동안 사냥을 하지 못했을 때의 모습이라는 것을 나는 이미 알고 있었다.

아버지는 현관문을 쾅 닫고 열쇠와 가방을 집어 던진 뒤 화를 쏟아낼 이유를 찾기 시작했다. 방이란 방은 모조리 돌아보고 집 안에 있는 모든 것, 그러니까 바닥, 가구, 어머니, 질, 코코, 그리고 나를 살펴보며 킁킁 냄새를 맡고 다녔다. 그럴 때면 우리는 재빨리 방으로 사라져 버리는 편이 나왔다. 어머니는 그럴 수가 없었다. 식사를 준비해야 했으니까. 아버지는 으르렁거리다가 TV 앞에 가 앉는 것으로 만족하기도 했다. 그런 날이 며칠 동안 계속되기도 했다. 그러면 긴장은 점점 고조되었다.

그리고 아버지는 결국, 항상, 찾아냈다.

"이건 뭐지?"

아버지는 아주 낮은 목소리로 부드럽게 물었다.

뭐라고 대답하든 나쁜 일이 일어날 거라는 사실을 어머니는 알고 있었다. 하지만 어쨌든 대답은 해야만 했다.

"햄 치즈 마카로니."

"이게 햄 치즈 마카로니인 건 나도 알아."

아버지는 계속해서 아주 부드럽게 말했다.

"왜 햄 치즈 마카로니를 만든 거지?"

아버지가 부드럽게 말할수록, 그 뒤에서 화는 더욱 끔찍하게 치솟고 있었다.

어머니에게 있어 가장 두려운 순간은 바로 그때였을 것이다. 그 일이 닥칠 거라는 사실을 깨달은 순간, 아버지가 어머니를 면밀히 살피고 있다는 걸 느낀 순간, 아버지가 어머니의 공포를 맛보고 있는 순간, 아버지가 자기만의 시간을 즐기고 있는 순간 말이다. 모든 것은 어머니의 대답에 달려 있는 것만 같았다. 그것은 게임이었다. 어머니가 매번 지는 게임.

"그게, 모두들 좋아하니까……."

"모두? 누굴 말하는 거야, '모두'라는 건?"

시작이었다. 어머니는 아버지의 분노가 고함을 통해 모두 빠져나가기를 바라는 수밖에 없었다. 포효에 가까웠다. 아버지의 목소리는 어머니를 삼켜 버리려는 듯 목구멍으로부터 터져 나왔다. 그 목소리는 어머니를 조각조각 잘라서 사라지게 했다.

그리고 어머니 역시 차라리 사라져 버리길 바라고 있었다.

포효로 충분하지 않을 때면 손이 도왔다. 아버지에게서 분노를 완전히 비워 낼 때까지. 어머니는 바닥에서 언제까지나 꼼짝도 하지 않았다. 속이 빈 베갯잇처럼 보였다.

그러고 나면 그다음 몇 주 동안은 평화가 찾아온다는 사실을 우리는 모두 알고 있었다.

나는 아버지가 자기 일을 좋아하지 않았다고 생각한다. 아버지는 동물원을 파산시킨 그 놀이공원의 회계사였다. "큰 놈들이 작은 놈들을 먹어 치우는 법이지." 아버지는 즐거운 듯 말했다. "큰 놈들이 작은 놈들을 먹어 치우는 법이라고."

그래도 놀이공원에서 일하는 건 정말로 멋질 것 같았다. 나는 아침에 학교로 가면서 '아버지는 놀이공원에서 하루를 보내는데.' 하고 생각하곤 했다.

어머니는 일을 하지 않았다. 염소와 정원과 코코와 우리를 돌보았다. 어머니는 돈에는 관심이 없었다. 신용 카드를 쓸 수 있는 한은 말이다.

공허하다거나 하는 기분은 어머니를 전혀 괴롭히지 못하는 것 같았다. 사랑 없는 삶 또한 마찬가지였다.

아이스크림 트럭은 며칠 동안 우리 집 앞에 세워져 있었다.

온갖 생각이 들었다.

누가 저 차를 씻지? 세차가 끝나면 물과 비누와 피와 뼈와 뇌 조각으로 가득한 양동이는 어떻게 할까? 할아버지의 무덤 위로 흘려보내는 건가? 나머지 조각들과 함께할 수 있도록?

냉동고 안에 있는 아이스크림은 녹았을까?

만약 녹지 않았다면 누군가 먹을까?

아이스크림에 크림을 올려 달라고 했다는 이유로도 경찰이 여자아이를 감옥에 집어넣을 수 있을까?

그 사실을 우리 아버지에게 말하진 않을까?

집에서는 그 누구도 아이스크림 할아버지의 죽음에 대해 이야기하지 않았다.

아마도 우리 부모님은, 마치 아무 일도 없었던 듯 행동하는 것이 가장 좋은 대응이라고 생각했던 듯하다.

아니면 아마도 새끼 염소가 태어난 덕분에 우리가 그 고깃덩어리 얼굴을 잊어버렸다고 여겼을지도 모른다.

사실 나는, 우리 부모님은 그저 아무 생각도 없었을 뿐이라고 믿고 있다.

질은 사흘 내내 입을 열지 않았다.

나는 질의 커다란 녹색 눈동자를 바라볼 엄두조차 내지 못했다. 동그란 프로젝터에서 반복적으로 흘러나오는 영화의 한 장면처럼, 그 눈동자를 통해 폭발하던 얼굴이 다시 보일 것이 분명했기 때문이다.

식사 시간에도 질은 아무것도 먹지 않았다. 퓨레와 푸아

송파네는 질의 접시에서 차갑게 식어 갔다.

　나는 질의 기분을 바꿔 주려고 애썼다. 그 애는 마치 유순한 로봇처럼 나를 따랐지만 그 내면은 죽어 있는 것만 같았다.

　우리는 모니카를 보러 갔다.

　아이스크림 할아버지에게 일어난 일을 들은 모니카의 목 언저리에서 무언가가 떨렸다. 모니카는 질을 바라보았다. 나는 모니카가 질을 위해 가마솥이나 마술 지팡이나 그것도 아니면 오래된 주술서 같은 것을 끄집어내 보이길 바랐다. 하지만 그녀는 그저 질의 뺨을 가만 어루만지기만 할 뿐이었다.

무스카드의 배에서 나온 미적지근한 냄새가 계속해서 떠돌았다.

사실은 내 머릿속에서 떠도는 냄새였을 것이다. 지금도 여전히 생생하게 기억나는, 그 여름날의 끈적끈적한 냄새는 꿈속까지 끈질기게 나를 따라다녔다.

7월이었지만 내게는 겨울보다 더욱 검고 더욱 차가운 밤이었다.

질은 매일 밤 내 침대로 와 바짝 웅크리고 숨었다. 질의 머리카락에 코를 묻고 있으면 그 애의 악몽이 들려오는 것만 같았다. 만약 시간을 거슬러 올라갈 수만 있다면, 아이스크림을 주문하던 순간으로 되돌아갈 수만 있다면, 나는 내가 가진 모든 것을 포기할 수도 있었다. 천 번은 더 상상해 보았다.

아이스크림 할아버지에게 이렇게 말하는 내 모습을. "초콜릿 스트라치아텔라 콘으로 주세요."

그러면 할아버지가 이렇게 묻는다. "오늘은 크림 없이, 아가씨?"

"네."

그렇게 나의 행성은 블랙홀로 빨려 들어가지 않는다. 노인의 얼굴도 우리 집 앞에서, 내 동생 앞에서 폭발하지 않는다. 「꽃의 왈츠」가 다음 날도, 그다음 날도 들려오고, 이야기는 거기서 멈춘다. 그리고 질이 미소 짓는다.

언젠가, 미치광이 과학자가 타임머신을 발명하는 영화를 봤던 기억이 떠올랐다. 그는 자동차 한 대를 가져다가 여기저기 선을 연결해 가며 완전히 개조했고, 엄청난 속도로 달리게 하는 데 성공했다.

나도 그런 기계를 하나 만들어서 시간여행을 해야 한다는, 모든 것을 제자리로 되돌려 놓아야만 한다는 생각이

들었다.

바로 그 순간부터 내 삶이 마치 실패한 현실에서 뻗어나온 나뭇가지처럼 보이기 시작했다. 다시 써야만 하는 초안 같았다. 그러자 그 모든 일이 좀 더 견디기 쉽게 느껴졌다.

기계가 준비되기 전에, 시간을 거슬러 올라가기 전에, 일단 내 동생을 침묵에서 끄집어내야만 한다고 생각했다.

나는 질을 미로로, 붐불레가 있는 곳으로 데리고 갔다. "앉아 봐."

질은 순순히 앉았다.

나는 핸들 앞에 무릎을 꿇고 앉아 있는 힘을 다해, 예전보다 훨씬 세게 자동차를 흔들었다. "붐불레에에에에! 붐불레에에에에! 붐불레에에에에! 가자, 질! 붐불레에에에에!"

질은 아무 반응이 없었다. 그 애의 커다란 녹색 눈은 텅 비어 있었다. 무척이나 지쳐 보였다…….

폐차장 주인아저씨가 우리 소리를 듣지 못한 것이 정말 다행이었다. 만약 그가 왔더라면 질은 아무런 저항 없이 붙잡혀 줄 것이 분명했다.

집에서는 새로운 인형을 만들고 새로운 이야기를 지어냈다. 질은, 나의 어린 관객은 내 앞에 앉아 있었다. 나는 그 애에게 드레스에 발이 걸려 넘어지는 공주와 방귀를 뀌는 매력적인 왕자와 딸꾹질하는 용 이야기를 들려주었다…….

마침내 나는 질을 시체들의 방에 데리고 갔다. 내가 왜 그랬는지 모르겠다. 아버지는 출근했고 어머니는 장을 보러 가고 없었다.

방으로 들어가자, 등 뒤에서 하이에나의 시선이 느껴졌다. 그것과 눈이 마주치지 않도록 조심했다.

바로 그 순간, 나는 깨달았다.

하이에나는 배고픈 짐승처럼 내 위로 내려앉아 발톱으로 등을 할퀴었다. 노인의 얼굴이 폭발했을 때 들려온 웃음소리는, 바로 하이에나에게서 나온 것이었다. 뭐라고 불러야 할지 알 수 없는 어떤 것, 떠돌아다니는 어떤 것, 그것이 하이에나 안에서 살고 있었다.

박제된 그 몸은 괴물의 동굴이었다. 죽음이 우리 집에 살고 있었다. 죽음은 유리 눈으로 나를 탐색했다. 죽음의

시선이 내 목덜미를 물었고, 어린 동생의 달콤한 냄새를
음미했다.

질이 내 손을 놓더니 짐승을 향해 돌아섰다. 그러고는
그것에 가까이 다가가 굳어 있는 주둥이에 손가락을 가만
올려놓았다. 나는 감히 움직일 수가 없었다. 짐승이 잠에
서 깨어나 질을 집어삼킬 것만 같았다.

질은 무릎을 꿇으며 주저앉았다. 입술이 떨리고 있었다.
가죽이 벗겨진 채 드러난 죽음을 쓰다듬고 야수의 목에 팔
을 둘렀다. 그 애의 작은 얼굴이 거대한 턱에 바짝 다가가
있었다.

그러더니 참새처럼 떨리는 작은 몸으로 공포를 쏟아 내
며 흐느끼기 시작했다. 시간을 들여 농익기만을 기다리던
종양처럼 공포가 터져 나와 질의 뺨 위로 쏟아져 내렸다.

나는 그것이 좋은 신호라고, 멈췄다가 다시 돌아가는 기
계처럼 질의 안에서도 무언가가 순환되기 시작했다고, 그
렇게 이해했다.

며칠 후 다른 사람이 아이스크림을 팔기 시작했다. 「꽃
의 왈츠」가 되돌아왔다. 매일 저녁. 저녁이면 고깃덩어리

가 된 얼굴이 떠올랐다. 저녁이면 동생의 눈동자에 불길한 빛이 어렸다. 그 음악 소리는 질의 내면 깊숙이 자리 잡은, 기쁨을 만들어 내는 메커니즘의 중심을 때리며 매일 조금씩 그 애를 파괴했고, 절대로 회복될 수 없게 만들었다.

그리고 매일 저녁이면 나는 별일 아니라고, 그저 실패한 생의 한 지점에 와 있을 뿐이라고, 모든 것이 결국엔 다시 쓰일 운명이라고 되뇌었다.

아이스크림 트럭이 지나갈 때면 나는 질 옆에 있으려고 노력했다. 그 음악이 들려올 때마다 그 애의 작은 몸은 눈에 띄게 떨렸다.

어느 날 저녁엔 그 애의 방에서도 내 방에서도 정원에서도 질의 모습이 보이지 않았다. 아버지가 거실에 있었기 때문에 나는 아무 소리도 내지 않으려 숨죽이며 시체들의 방에 가 보았다.

질은 거기, 하이에나 옆에 앉아 있었다. 하이에나의 커다란 귀에다가 뭐라고 속삭이고 있었다. 무슨 말을 하는지는 들리지 않았다. 내가 있다는 것을 알아차리자 질은 낯선 눈빛으로 나를 바라보았다. 하이에나가 나를 보고 있는 것만 같았다.

크림 사이펀이 폭발하면서 그 충격으로 질의 머릿속에 어떤 길이 열린 걸까? 하이에나가 내 동생 안에서 살기 위해 그 길을 따라 가고 있는 걸까? 아니면 어떤 사악한 것이 거기 스며들고 있는 거라면?

그 분위기, 질의 얼굴에서 보이는 그 분위기는, 그 애가 아니었다. 피와 죽음이 느껴졌다. 어떤 짐승이 우리 집에서 잠을 자고, 떠돌아다니고 있음을 떠올리게 하는 분위기였다. 나는 그 짐승이 이제 질 안에서 살기 시작했다는 사실을 깨달았다.

부모님은 아무것도 보지 않았다.

아버지는 TV에 온 정신을 쏟았고, 어머니는 아버지를 두려워하는 데 온 정신을 쏟았다.

타임머신을 최대한 빨리 만들어야 했다. 나를 도와줄 거라는 확신을 품고 모니카를 찾아갔다.

용이 할퀸 상처를 따라 내려가면 모니카의 집은 항상 같은 자리에서, 저무는 태양의 손길을 받고 있었다.

모니카가 문을 열어 주었다. 꽃과 나비 무늬가 가득한 다채로운 긴 원피스 차림이었다. 집 안으로 들어가자 언제나처럼 계피 향이 났다. 나는 양가죽을 깔아 놓은 긴 의자에 가서 앉았다. 그 부드러운 양가죽을 쓰다듬는 게 좋았다. 마치 시체들의 방에 있는 상아 같았다. 그 안에는 어떤 힘이 간직되어 있었다. 동물의 영혼이 여전히 그 안에

살아 있는 것처럼. 그리고 나의 손길을 느낄 수 있는 것
처럼.

모니카는 내게 사과 주스를 가져다주었다.

아이스크림 할아버지의 죽음 이후로, 모니카의 얼굴에
서도 역시 무언가가 사라져 버렸다. 나는 감히 그것이 내
잘못이라고, 내가 크림을 주문했기 때문이라고 말할 엄두
가 나지 않았다. 그것은, 그것은 아무도 몰라야만 했다.

나는 모니카에게 질에 대해서, 그리고 시간여행 자동차
에 대해서 이야기했다.

"영화에선 자동차가 한 대 나오는데, 어마어마한 에너지
가 필요해요. 플루토늄 에너지였는데, 플루토늄이 없을 땐
벼락을 이용했어요. 자동차를 찾아서 조금 고칠 순 있을
것 같은데 벼락은 어떻게 일으켜야 할지 모르겠어요. 우리
가 폭풍우를 일으킬 수 있을까요?"

그녀가 살짝 미소를 짓자 슬픔이 묻어 나왔다.

"그럼, 할 수 있지. 해야 할 일도 굉장히 많고 어려움도
있겠지만, 그래도 가능하다고 믿는단다. 사람들이 그러는
데, 과학이랑 마법을 같이 생각해야 한다더구나. 네가 원
한다면, 내가 폭풍우 쪽을 맡으마. 과학 쪽에선, 엄청 많은
걸 배워야 할 게다. 그래도 네가 간절히 바란다면 결국 해

널 수 있을 거야. 시간은 걸리겠지, 아마 네 생각보다도 훨씬 오래. 하지만 너는 해낼 거야. 마리 퀴리가 그랬던 것처럼."

나는 입술을 뾰족 내밀었다.

"저런, 마리 퀴리가 누군지 모르니? 학교에선 너희를 데리고 하루 종일 뭘 하는 거라니? 어휴! 마리 퀴리는, 아! 본명은 마리아 살로메아 스크워도프스카야. 피에르 퀴리와 결혼하고 나서 퀴리라고 불렸지.

노벨상을 받은 최초의 여자란다. 그것도 두 번이나 받은 사람은 마리 퀴리뿐이지. 남편과 함께 방사능을 연구해서 1903년에 노벨 물리학상을 받았는데, 그 후에 피에르가 죽고, 짠! 1911년엔 폴로늄과 라듐 연구로 노벨 화학상을 받은 거지.

그 원소들을 발견한 게 바로 마리 퀴리야. 폴로늄은 마리 퀴리의 조국 이름을 따서 그렇게 불렀지. 확신하는데 너 멘델레예프 주기율표라고 한 번도 못 들어 봤지?"

나는 고개를 끄덕이며 "네."라고 대답했다.

"이런 비극이 있나……. 마리 퀴리는 미친 사람처럼 평생 일만 했어. 너 어디 부러져 본 적 있니? 팔이라든가 다리 같은 데?"

"네, 일곱 살 때 팔이 부러졌어요."

"좋아, 네 뼈를 보려고 엑스레이를 찍지 않았니?"

"맞아요."

"마리 퀴리에게 감사해."

"그럼 그분이 나를 도울 수 있다는 거예요? 어디에 살고 있어요?"

"아, 아니야. 마리 퀴리는 죽었단다. 네가 어떤 일을 정말로 열심히 하면 너도 뭔가 이루어 낼 수 있다는 걸 말해 주고 싶었어."

"그럼 내가 자동차를 고쳐 내면, 폭풍우를 일으켜 줄 거예요?"

"맹세할게."

마음이 놓인 나는 집으로 돌아왔다. 내겐 해결책이 있었고, 혼자가 아니었다.

다음 날부터 나는 마리 퀴리와 「백 투 더 퓨처」 3부작에 대한 자료를 가능한 한 모두 모으기 시작했다. 시간이 걸리는 일이라는 것은 알고 있었다. 하지만 질의 상태가 매일매일 내가 할 일을 상기시켰다.

여름이 끝났고, 다른 모두와 마찬가지로 무미건조하고 지루한 학교생활이 시작되었다. 나는 내 계획을 진행하는 데에 모든 자유 시간을 쏟아부었다.

다음 해 여름이 왔다.

질의 상태는 나아지지 않았다. 질의 텅 빈 눈은 뜨겁게 빛을 발하는, 뾰족하고 예리한 무언가로 조금씩 채워져 갔다. 하이에나 안에서 살던 그것이, 점차 내 동생의 머리로 옮겨 갔다. 그 야만적인 존재의 식민지가 질의 머릿속에 자리 잡았고, 뇌에 주는 먹이를 받아먹고 있었다. 무장한 이들이 떼 지어 휩쓸고 다니며 소중한 숲과 오아시스를 불태우고 검은 늪지대로 바꾸어 버렸다.

나는 질을 사랑했다. 그리고 모든 일을 바로 잡을 생각이었다. 그 무엇도 나를 방해할 수 없었다. 비록 질이 더 이상 나와 놀지 않는다 하더라도. 비록 질의 웃음이 양귀비 언덕 위로 내리는 산성비보다 더 불길해졌다 할지라도. 나는 마치 아픈 아이를 사랑하는 어머니 같은 마음으로 질을 사랑했다.

그 애의 생일은 9월 26일이었다. 나는 바로 그날까지 모든 준비를 마치기로 결심했다.

사냥을 끝낸 아버지가 히말라야에서 돌아왔다. 아버지가 가져온 갈색 곰 머리는 전리품 벽에 걸렸다. 그 자리를 만들기 위해 널빤지를 몇 개 뽑아야 했다. 아버지는 곰의 털가죽을 소파에 깔고 매일 저녁 TV를 보면서 납작하게 짓이겼다.

아버지가 집을 비운 20일 동안 우리는 한 짐 내려놓은 듯 마음 편히 지낼 수 있었다.

출발하기 전 몇 주 동안 아버지는 그때껏 본 적 없을 정도로 예민했다.

어느 저녁. 식탁에 앉아 있던 우리는 곧 분노가 터져 나올 거라는 사실을 알았다. 우리 넷 모두 알 수 있었다. 일을 마친 아버지가 금방이라도 달려들 듯 잔뜩 성이 난 채 집으로 돌아와서는 신경을 곤두세우고 여기저기 냄새를 맡은 지 며칠 정도 되었을 때였다. 그럴 때마다 질과 나는 아버지가 곧 폭발할 거라 확신하며 방으로 가 숨었다. 하지만 그날 저녁 전까지 그런 일은 일어나지 않았고, 아버지의 신경은 부탄가스가 쌓이듯 과민해지고 있었다.

그러니까 그날 저녁, 우리는 식탁에 앉아 있었다. 각자 말없이 밥을 먹었다. 우리의 동작은 신중하고 정확했다. 누구도 폭발을 일으키는 불꽃이 되고 싶어 하지 않았다.

아버지만이 유일하게 방을 가득 채우는 소리를 내고 있었다. 아버지의 두 턱 사이로 커다란 고깃덩어리가 사라지는 소리였다. 숨소리는 짧고 거칠었다.

아버지의 접시에 놓인 줄기콩과 퓌레가 피의 바다 한가운데서 표류하는 산호초처럼 보였다.

나는 차라리 배경에 스며들고 싶었다. 억지로 먹으려 했지만, 창자에 매듭이 지어진 것만 같았다. 나는 곁눈질로 아버지를 살피며 재앙을 기다렸다.

아버지가 포크를 내려놓았다.

그러고는 간신히 들릴 정도로 숨을 내쉬며 말했다. "이런 게 당신한테는 '레어'인가 보지?"

어머니는 하얗게 질렸다. 마치 어머니의 피가 모두 아버지의 접시로 흘러간 것만 같았다.

어머니는 아무 말도 하지 않았다. 그 질문에 알맞은 대답이란 없었다.

아버지가 끈질기게 물었다. "그런 거냐고?"

어머니가 중얼거렸다. "당신 접시에 피가 가득하잖아."

악문 이 사이로 아버지가 으르렁거렸다. "그럼 당신은 만족한다는 거로군."

어머니가 눈을 감았다. 이제 시작이었다.

아버지가 괴물 같은 두 손으로 자기 접시를 집어서는 식탁에 내동댕이쳐 산산조각 냈다.

"대체 누구 먹으라고 이딴 걸 준비한 거지? 빌어먹을!"

아버지는 어머니의 머리카락을 움켜쥐고 깨진 접시 조각과 퓨레 속에 얼굴을 처박았다.

"엉? 누구 먹으라고 준비한 거냐고? 네가 뭐라도 되는 줄 알아? 넌 아무것도 아니야! 아무것도!"

어머니가 고통스러워하며 신음했다. 애원하지 않았고, 맞서 싸우지도 않았다. 그래 봤자 아무 소용 없다는 것을 어머니는 알고 있었다.

아버지의 손에 짓눌린 어머니 얼굴에서는 공포로 뒤틀린 입만을 겨우 알아볼 수 있을 정도였다.

우리 셋 모두, 이번이 다른 어떤 때보다 나쁠 거라는 사실을 깨달았다.

질과 나는 몸이 굳은 채 자리에 가만 앉아 있었다. 방으로 올라갈 생각도 하지 못했다. 일이 터지기 전에 올라가야 했는데. 아버지의 분노는 보통 식사 후에 폭발했지, 식사 중에 그러는 일은 한 번도 없었다. 그래서 우리가 그 모습을 목격하는 일은 무척 드물었다.

아버지는 어머니의 머리카락을 움켜쥐고 머리를 들어 올려서는 식탁에, 똑같은 지점에, 깨진 접시 파편이 널린 곳에 여러 번 내리찍었다. 나는 어느 것이 어머니의 피이고, 어느 것이 스테이크의 피인지 더 이상 구분할 수가 없었다.

문득 나는 그 모든 일이 아무것도 아니라는 사실을 떠올렸다. 시간을 거슬러 올라가서 모조리 지워 버릴 테니. 그러면 나의 새로운 미래에서는, 그 모든 게 존재하지 않았던 일이 될 것이었다.

아버지의 화가 가라앉자 나는 질의 손을 붙들고 내 방으로 올라갔다. 우리는 깃털 이불 아래 숨었다. 나는 질에게 우리가 타조알 속에 있다고, 모니카와 숨바꼭질을 하는 중이라고 말했다. 모든 것이 놀이일 뿐이다. 그냥 놀이. 하나의 놀이.

　이틀 후 아버지는 사냥을 하러 히말라야로 떠났고, 우리는 다시 숨을 쉴 수 있었다.

아버지가 돌아오고 며칠이 지난 후, 질과 나는 장을 보러 가는 어머니를 따라나섰다.

염소들에게 먹일 비타민 가루를 사기 위해 애완동물 상점에 들렀다. 애완동물과 가축을 함께 모아 놓은 거대한 창고 같은 곳이었다. 어머니는 상점 주인아저씨와 이야기 나누는 것을 좋아했다. 아저씨는 농부 아들이었는데 동물에 관해서라면 뭐든 알았다. 덕분에 질과 나는 밀짚이 쌓인 곳에서 놀 수 있었다. 성채처럼 높게 몇 미터씩이나 쌓여 있는 밀짚은 타고 올라가기에 알맞았다. 하지만 구멍들을 조심해야만 했다. 상점 아저씨의 아이들 중 하나가 밀짚을 타고 놀다가 구멍으로 떨어져 죽었다.

그날 상점에서는 조그마한 암캐가 낳은 아기 강아지들이 분양을 기다리고 있었다. 털이 뻣뻣하게 난 잭 러셀 종이었다. 그 암캐는 낡은 칫솔처럼 보였다. 나는 어머니에게 강아지 한 마리를 데려갈 수 있는지 물어보았다. 어머니는 허락했지만, 결국 결정하는 건 아버지였다.

그날 저녁 나는 거실로 아버지를 찾아갔다. 얼마 전 곰을 사냥해 온 아버지는 평온했다.

가끔 아버지는 TV 대신 노래를 틀어 놓았다. 클로드 프랑수아의 노래였다. 드문 일이긴 했다. 하지만 그날 저녁이 바로 그런 날이었다. 나는 가만히 아버지의 소파로 다가갔다. 아버지는 누가 소리 내는 것을 좋아하지 않았다.

아버지는 정말로 조용했다. 무릎에 손을 올린 채 아주 바른 자세로 앉아 조금도 움직이지 않았다.

그 시각 바깥의 빛은 방 안으로 거의 들어오지 않았다. 아버지의 얼굴 절반이 희미한 빛에 삼켜져 있었다. 클로드 프랑수아는 「전화기가 울리네」(1974년 유행한 노래. 딸과 아내를 떠났던 남자가 병들어 딸과 통화하는 내용으로, 어린 여자 아이의 목소리가 등장한다—옮긴이)를 부르고 있었다.

아버지의 뺨에서 이상한 무언가가 반짝였다. 나는 소파에 앉아 있는 아버지 가까이 다가갔다.

"아빠?"

아버지는 살짝 놀라서 한 손으로 그 반짝이는 것을 훔쳐 내고는 낮게 신음했는데 평소와는 다르게 들렸다. 조금 더 부드러운 소리였다.

아버지가 그때 왜 울고 있었는지, 가끔 생각해 본다. 특히 그 노래에 대해서도. 아버지가 자신의 아버지에 대해서 전혀 모른다는 건 알고 있었다. 하지만 아무도 내게 그 이유를 말해 주지 않았다. 할아버지는 죽었을까? 아버지를 버린 건가? 아니면 사람들이 할아버지에게 아들의 존재를 숨긴 걸까? 어쨌든 할아버지의 부재는 셔츠 바로 아래 숨겨진 아버지의 가슴에 구멍을 뚫어 놓았고, 그 누구도 그 것을 채울 수 없었던 것 같다. 그 구멍은 접근하는 모든 것을 빨아들이고 부숴 버렸다. 바로 그 때문에 아버지는 나를 절대 안아 주지 않았던 것이다. 이해할 수 있었다. 그리고 아버지에게 그런 것을 바라지도 않았다.

"아빠, 아까 애완동물 가게에서 강아지를 봤는데요, 한 마리 데려와도 될까 하고요."

아버지가 나를 바라보았다. 마치 전투에서 패배하고 돌아온 사람처럼 지쳐 보였다.

"그러럼, 우리 꼬맹이."

우리 꼬맹이. 심장이 터져 버릴 것만 같았다. 우리 꼬맹이. 아버지가 나를 '우리 꼬맹이'라고 불렀다. 이 짧은 두 단어는 반딧불처럼 내 귓속으로 들어와 가슴 깊숙이 자리 잡았다. 그리고 그곳에서 며칠 동안이나 반짝거렸다.

다음 날, 우리는 강아지를 데리러 갔다.

질은 강아지를 한 마리씩 모두 쓰다듬었다. 미소를 짓지는 않았지만, 자기 손에 와 닿는 강아지들의 따듯하고 부드러운 머리에 기분이 좋은 것 같았다.

나는 질에게 말했다. "네가 강아지를 고르고, 내가 이름을 짓자. 어때?"

질이 무릎을 펴고 일어섰다. "이 녀석."

주인아저씨가 말했다. "암놈이란다."

"퀴리라고 부를래. 마리 퀴리의 퀴리."

그 이름이 내게 행운을 가져다줄 것 같았다. 만약에 천국이 존재한다면 말이지만, 어쩌면 저 높이 천국에 있는 마리 퀴리가 그 이름을 듣고 내게 손을 내밀어 줄지도 모른다는 생각이 들었다.

집으로 돌아온 후 나는 질과 퀴리를 폐차장의 미로로 데리고 갔다. 퀴리가 그곳에 가 봤으면 싶기도 했고, 타임머신으로 개조할 자동차도 골라야 했기 때문이다.

옥수수 밭을 가로지르던 우리는 다른 아이들과 마주쳤다. 데레크 패거리였다. 나는 그 애들을 별로 좋아하지 않았다. 그 녀석들은 싸울 생각밖에 없는 것 같았다. 나 역시 바비 인형이나 고무줄뛰기만 좋아하는 것은 아니고 잘 싸웠지만, 어쨌든 놀 때 얘기였다. 누가 가장 센지 확인할 뿐, 정말로 아프게 하지는 않는 놀이. 하지만 그 애들은 상대방을 물어뜯었고 배에다 진짜 주먹을 날렸다. 특히 데레크가 그랬다. 입 옆으로 웃기게 생긴 흉터가 있었는데 그것 때문에 그 애는 화났을 때조차 험악하게 웃고 있는 것처럼 보였다. 사실 그 애는 항상 화가 나 있었다. 헝클어진 금발 속에 분노가 둥지를 틀고 있는 것만 같았다.

무엇보다도 데레크 패거리는 질에게 특히 못되게 굴었다. 질이 작았기 때문이다. 그래서 나는 그 애들을 피해 가려고 했다.

멀리서 우리를 발견하고 데레크가 외쳤다. "야, 부잣집 꼬맹이들!"

우리 집이 데모의 다른 집들보다 조금 더 크다는 이유로 데레크는 우리를 그렇게 불렀다. 게다가 우리 집에는 간이 수영장도 있었으니까.

우리는 못 들은 척 미로까지 달렸다.

그동안 보지 못했던 새로운 자동차가 잔뜩 와 있어서 그 차들을 안심시켜 주는 데 한나절이 걸렸다. 자동차는 너무 나 많았는데 질이 나를 도우려 하지 않았기 때문이다. 그 애는 구석에 쭈그리고 앉아서는 막대기로 모래에다가 이 런저런 모양들을 그려 넣고만 있었다.

나는 상태가 좋아 보이는 자동차를 하나 점찍었다. 예쁜 빨간색인 데다가 「백 투 더 퓨처」에 나오는 드로리안을 조 금 닮은 자동차였다. 그 차는 사고 때문이 아니라 수명이 다해서 죽은 것 같았다.

이제, 모니카를 보러 가야 했다.

퀴리를 데려온 다음 날 어머니는 무척 자랑스러워하며 철물점에서 돌아왔다. 퀴리에게 줄 목걸이를 하나 만들어 온 것이었다. 어머니는 항상 동물에게 애정을 쏟았다. 목걸이에 달린 조그맣고 동그란 금속 메달에는 우리 집 전화번호와 함께 'Curry(프랑스어로 '퀴리'라고 읽히며, '카레'라는 뜻의 영어 단어와 철자가 같다―옮긴이)'라고 새겨져 있었다.

　깊은 연민을 제외하고, 나는 단 한 번도 어머니에게 어떤 뚜렷한 감정을 느낀 적이 없었다. 하지만 그 다섯 철자를 다시 한 번 보고, 이윽고 그 뜻을 알게 되자, 연민은 즉시 검고 냄새나는 경멸의 구덩이 속으로 녹아 사라졌다.

나는 강아지 이름을 스크워도프스카라고 바꾸기로 결심했다. 처녀 시절 이름을 우리 강아지에게 지어 주면 마리 퀴리도 좀 더 기뻐할 것 같았다.

　하지만 스크워도프스카라는 이름은 부르기엔 조금 길었다. 그래서 간단하게 도프카라고 줄였다.

　아버지는 이 이름을 듣고 보드카가 생각난다며 웃었다.

　물론 나는 목걸이를 내다 버렸고, 부모님에겐 도프카가 잃어버렸다고 둘러댔다.

나는 모니카를 만나러 갔다. 이제 자동차로 타임머신을 만들기 시작해야 한다고 어렴풋이 느끼고 있었다.

모니카는 햇살 좋은 바깥에 나와 있었다. 코바늘로 뜬 얼룩덜룩한 격자무늬 천을 씌운 커다란 나무 그루터기에 앉아서는 도예가처럼 꽃병을 만들고 있었다.

내 모습이 보이지 않을 만한 곳에서 잠시 그녀를 지켜보았다.

주근깨로 뒤덮이고 말랐지만 근육이 느껴지는 팔, 소두구 향기가 나는 구릿빛 피부, 절망으로 미쳐 버린 연인들이 모여 사는 피난처를 바라보아야만 했던 아메리칸 인디

언 여사제와 같은 시선.

모니카가 나를 발견하고, 먼바다가 느껴지는 목소리로
맞았다.

"아, 이런. 오랜만에 왔구나! 잘 지냈니, 꼬마야?"

나는 모니카에게 내가 시간여행에 대해 공부한 모든 것
을, 그리고 목표는 9월 26일이라는 것을 말해 주었다.

마리 퀴리 평전을 읽으면서 나는 내가 그녀처럼 되고 싶
어 한다는 사실을 깨달았다. 자기가 있어야 하는 곳을 두
려워하지 않는 사람, 어떤 역할을 해내기를 두려워하지 않
는 사람, 그리고 과학의 발전에 기여하는 사람.

모니카가 웃었다. "아, 이런, 아가."

나는 그녀에게 폭풍 쪽은 잘되어 가는지 물어보았다.

그녀는 어떤 물건이 필요하다고 했다.

"대체할 수 없는 것. 값비싸진 않더라도, 대체할 수 없
는 것이어야 해. 너에게 소중한 물건이거나 네가 사랑하는
사람이 소중히 여기는 물건 말이지. 감성적인 가치가 높을
수록 그 마법은 강력해지고 성공할 가능성도 높아질 거야.
그런 물건을 찾으면 다시 오렴. 그리고 보름달이 뜬 밤이
어야만 폭풍우를 일으킬 수 있어."

즉시 떠오르는 것이 있었다. 완벽한 물건을 이미 알고 있었다. 강줄기가 내 목구멍에서 얼어붙는 것 같았다. 미친 생각이었지만, 유일한 해결책이었다.

"여름이 끝날 때쯤 자동차가 준비되면 그 물건을 가지고 올게요."

나는 다시 집으로 향했다. 도프카를 들판으로 데려오고 싶었다. 어쩌면 질도 함께 오고 싶었을지도 모르는데. 비록 지금 이 순간 게임보이를 하면서 가장 말짱한 시간을 보내고 있다 하더라도 말이다. 가끔 우리는 숨바꼭질을 하러 함께 옥수수 밭으로 나오기도 했다. 커다랗고 날카로운 옥수수 잎은 우리 뺨과 팔을 긁어 생채기를 냈다. 저녁이면 옥수수 밭에서 숨바꼭질을 시작했고 피부가 불이 붙은 듯 따가워지면 나는 다시는 이 놀이를 하지 않으리라 다짐하곤 했다.

집으로 돌아오니 정원에 도프카가 없었다. 거실에 놓은 방석에 가 보았다. 아직 어린 도프카는 잠을 많이 잤다. 하지만 거기에도 없었다.

어머니 역시 이제 막 장을 보고 돌아온 참이라 도프카를 보지 못했다고 했다. 어머니 얼굴에는 아버지의 격렬한 분노가 여전히 남아 있었다. 아무는 데 가장 오래 걸린 것은 오른쪽 눈 아래 깊게 팬 상처였다.

어머니는 나를 도와 함께 도프카를 찾았다. 집과 정원, 염소 우리를 샅샅이 뒤졌지만 도프카는 흔적조차 없었다. 질 역시 도프카를 보지 못했다. 그 애는 또다시 하이에나 옆에 가 있었다. 거기 있으면 안 된다며 어머니는 질을 꾸짖었다. 만약 아버지가 알기라도 한다면······.

공황이 몰려와 그 커다란 손으로 내 목구멍을 꼭 죄기 시작했다. 아이스크림 할아버지가 죽던 날 저녁과 꼭 같았다. 나는 왜 모니카네 집에 도프카를 데려가지 않았을까?

좀 더 범위를 넓혀 찾아봐야 했다. 설령 집을 벗어났다 해도, 그리 멀리 가지는 못했을 것이다. 데모 안이나 숲에 있을 터였다. 그래도 빨리 찾아야 했다.

어머니는 숲 쪽을, 질과 나는 데모를 맡았다. 어쩌면 도프카는 모니카와 마주쳤을지도 모른다. 그랬다면 정말 좋을 텐데. 어쨌든 서둘러야 했다.

숨이 막힐 것만 같은 더위였다. 아스팔트 냄새를 실은 폭풍우와 타르 빛 하늘로 하루가 저무는 무더운 날들 중 어느 하루였다.

우리는 집집마다 초인종을 울렸다.

질이 도와줘서 정말 기뻤다.

어린 영업 사원들처럼 우리는 문에서 문으로 옮겨 다니며 똑같은 말을 반복했다.

사람들은 친절했다. 특히 어떤 젊은 커플이. 우리에게 문을 열어 준 여자는 아주 어린 아기를 안고 밀가루 반죽 냄새를 풍기고 있었다. 가느다랗고 부드러운, 커다란 깃털 같았다. 그녀는 약혼자를 불렀는데, 남자는 그녀보다 키가 더 컸고 벗은 상반신엔 문신이 있었으며 근육이 울끈불끈 솟아 있었다. 깃털은 자랑스럽고 사랑스럽게 말했다. "그 이는 가라테 챔피언이야." 그녀는 우리를 아주 예쁘게 잘 자란 아이들처럼 대했다. 오렌지 주스도 가져다주었다. 질은 아기를 주의 깊게 관찰했는데, 질에게서 오랫동안 볼 수 없던 모습이었다. 가라테 챔피언은 도프카를 정말로 진지하게 걱정해 주었다. 나는 그 상체의 굴곡과 피부 아래에서 이완된 근육과 솟아오른 정맥에서 눈을 뗄 수가 없었다……. 길들지 않은 야생의 말, 잔뜩 긴장했지만 또한 다정하고 힘이 센 어떤 동물 같았다. 그가 나를 두 팔로 안아 주었으면 하는 욕구가 솟았다. 어떤 뜨거운 것이 내 배 속에서 팽창했다.

나는 그것이 나의 목표로부터 나를 돌려세울 거라는 사실을 즉시 깨달았다. 그래서 모든 힘을 다해 복부를 쥐어짜 질식시켜 버렸다. 오렌지 주스를 다 마신 우리는 감사 인사를 하고 나와 탐문을 이어 나갔다.

못생긴 집에서 또 다른 못생긴 집으로 넘어갈 때마다 희망은 점점 사그라졌다. 내 불쌍한 강아지가 시골 갓길에서 자동차에 납작해졌거나 여우에게 잡아먹혔을 거라는 생각이 들기 시작했다.

하나같이 똑같아 보이는 그 집들은 사실은 완전히 똑같지는 않았다. 한편으로는 전혀 다르다고 할 수도 있었다. 모두 똑같은 방식으로 지어졌는데, 겨우 창문 몇 개를 뚫은 회색 폴리프로필렌 컨테이너 같은 것에 슬레이트 지붕을 올려놓은 식이었다. 하지만 그런 비슷비슷한 모습 속에서도 서로 다른 점들이 눈에 띄었다. 그 집에 살고 있는 사람의 개성이었다. 그들이 사는 방식이 커튼이나 꽃병, 전등 같은 아주 사소한 것들에서 묻어 나왔다. 어떤 집들은 그곳에 사는 존재의 고독함에, 혹은 현기증을 일으킬 정도의 나약함에 울부짖고 있는 것만 같았다. 난쟁이나 새끼 동물, 토끼 등 도자기로 빚어진 조그마한 생명체로 가득한, 나이 든 부인의 집 정원 같은 것 말이다.

우리는 다른 집들보다 좀 더 칙칙한 회색 집에 도착했다. 누구 집인지 알고 있었다. 데레크네였다.

작은 정원의 누리끼리한 잔디에는 조가비 모양의 빨간색 플라스틱 모래 상자가 놓여 있고, 그 옆으로는 낡은 타이어도 넘어져 있었다. 현관 옆에는 조립용 옷장이었던 것이 분명한 잔해가 강둑 위에 방치되어 부풀어 오른 익사자의 시체처럼 썩고 있었다.

내장을 갉아먹기 시작하는 본능적인 두려움을 억누르며 나는 초인종을 울렸다.

문 뒤에서 어떤 목소리가 외쳤다.

"뭐야?"

"안녕하세요. 우리 강아지가 사라져서 찾고 있는데요, 혹시 못 보셨나요?"

문이 열리고, 운동복을 입은 남자가 술과 싸구려 담배와 오줌 냄새가 뒤섞인 강한 악취를 풍기며 나타났다. 보아하니 뇌의 한 부분이 몸을 똑바로 세우려고 열심히 싸우는 한편, 다른 한 부분은 우리를 쳐다보게 하려고 애쓰는 듯했다. 가슴 쪽으로 모은 두 손은 도프카를 붙들고 있었다.

질과 나를 보자 강아지는 낑낑대며 버둥거리기 시작했다. 남자가 비틀거렸다.

"아, 아저씨가 찾아 줬군요! 감사합니다!"

그러자 남자는 입술을 삐죽 내밀며 괴상한 표정을 짓더니 눈을 가늘게 뜨고는 이렇게 내뱉었다.

"네놈들 아비한테 가서 전해. 우리 아들 녀석이랑 내가 수영장을 쓸 수 있게 해 주면 이 개를 돌려주겠다고."

남자의 몸이 옆으로 휘청이자 그 뒤로 전실에 서 있는 데레크가 보였다.

퉁퉁한 눈꺼풀 아래 남자의 두 눈이 경멸에 찬 눈빛으로 질과 나를 바라보았다. 하지만 동시에 뇌는 모든 기능을 다해 그 몸을 쓰러뜨리지 않기 위해 안간힘을 쓰고 있었다.

도프카는 낑낑거리며 점점 더 강하게 발버둥 쳤다. 개가 이런 집에서 냄새를 맡아야 하다니 너무 가혹하다는 생각이 들었다. 나조차 이미 숨 쉬기가 어려울 정도였다.

남자의 몸속에서 뉴런 한 움큼이, 문을 닫으려는 팔 근육과 중력의 싸움으로부터 스스로를 놓아 버리려는 것처럼 보였다.

나는 차마 질을 볼 수 없었다. 그 애와 눈이 마주치면, 온 힘을 다해 참고 있던 눈물이 흘러내릴 것을 알았기 때문이다. 또한 내가 우는 모습을 질이 보지 않기를 바랐다. 내 비참함이 전염될까 두려운 것이 아니었다. 그 애의 머릿속에서 들끓고 있는 기생충이 내 눈물을 먹고 자랄까 두려웠던 것이다.

우리는 말없이 집으로 향했다.

집에 돌아와 어머니에게 상황을 설명했다.

어머니는 조금 당황한 것 같았다. 눈동자가 잠시 춤을 추듯 흔들리더니 어머니가 말했다.

"너희 아버지가 돌아오면 말해 보자."

도프카가 겪고 있을 시련이 떠올랐다.

아버지가 돌아올 때까지 거기 두는 것은 말도 안 되는 일이었다.

가라테 챔피언과, 길들지 않은 야생마 같은 그의 몸이

생각났다. 배 속에서 뜨거운 무언가가 또다시, 조금 전보다 더욱 강하게 팽창하기 시작했다. 이번엔 그냥 내버려두었다. 어떻게 해서라도 도프카를 구해 내겠다는 나의 목표에 방해가 되지 않았기 때문이다.

나는 다시 집을 나섰다. 질이 따라왔다. 벨을 울리자 깃털이 문을 열어 주었는데, 조금 놀란 눈치였다. 챔피언은 우리 이야기를 들었다. 그의 턱이 긴장하자 귀 바로 아래 예쁜 굴곡이 생겼다. 슈퍼맨으로 변신한 클라크 켄트 같았다. 슈퍼히어로의 본능이 깨어난 것이다.

챔피언은 지체할 시간이 없다는 듯 티셔츠도 걸치지 않고 우리에게 따라오라고 말하고는 다른 집들보다 좀 더 우중충한 그 집으로 향했다.

그는 주먹으로 문을 두드렸다. 문을 연 것은 데레크였다. 무슨 일이 일어나고 있는지 이해할 틈도 주지 않고, 슈퍼맨은 녀석을 집 안으로 밀어붙였다. 나는 슈퍼맨을 따라 들어갔다. 데레크의 아버지는 해충과 곰팡이에게 완전히 생태계를 내어 준 듯한 낡은 소파에 누워 있었다. 도프카는 그의 팔에서 잠들어 있었다. 슈퍼맨은 강아지를 조심스럽게 붙들어 내게 건네주었다. 남자가 눈을 떴다. 하지만 자기 턱을 향해 날아오는 슈퍼맨의 주먹만 겨우 볼 수 있었을 뿐이다. 슈퍼맨은 남자가 샌드백이라도 되는 듯 마구 때리며 반복해서 소리쳤다. "더러운 노친네 같으니!" 그가 날리는 모든 주먹에서 둔탁한 소리가 났다. 데레크는 그에게 달려들어서는, 드릴이 움직이듯 불끈 솟아오르는 팽팽하고 강한 팔을 물어뜯으려고 애썼다. 슈퍼맨은 다른 팔로 데레크를 붙들어 방 한쪽 구석으로 내팽개쳤다.

남자에게 남김없이 분노를 쏟아 부은 챔피언은 피로 뒤덮인 자기 주먹을 보고는 난감해하며 그게 누구 피일까 생각하는 듯했다. 남자는 시골 도로 아스팔트에 파묻힌 토끼처럼 소파에 끼어 있었다. 남자의 입에서 피가 흘러나와 티셔츠에 묻어 있던 다른 얼룩들과 뒤섞였다.

나는 질의 눈 속에서, 자기 앞에 펼쳐진 광경을 보고 흥분하는 기생충을 보았다. 그 기생충은 내 동생의 머릿속에 얼마 남지 않은, 아직 살아 있는 비옥한 땅을 지배하고 황폐하게 만들며 번식하기 시작했다. 나는 질의 손을 붙잡았다. 그리고 도프카의 머리를 쓰다듬으며 미소 짓고 있는 슈퍼맨에게 "고맙습니다, 아저씨." 하고 말했다.

"별거 아니야, 아가씨." 방 한쪽 구석에서는 겁에 질린 데레크가 감히 움직일 생각도 못 하고 있었다.

우리는 집으로 돌아갔다. 도중에 아이스크림 트럭이 「꽃의 왈츠」를 튼 채 지나갔다. 나는 질의 손을 잡았다. 그 손은 죽은 새처럼 차갑고 뻣뻣했다. 언제나처럼 하이에나가 내 내장을 갈기갈기 찢으며 웃고 있었다.

『과학의 친구』라는 책에는 시간여행에 관한 여러 이론 중 '웜홀' 이론이 가장 그럴듯하다고 나와 있었다. 대략 알아보니, 일단 웜홀을 만들어야 했는데, 그러면 한쪽 시공간에서 다른 쪽으로 이동할 수 있었다. 웜홀이 생성되려면 어마어마한 에너지가 입자들을 가속해야 했다.

자동차 무덤으로 끌려온 고물 사이에서 나는 낡은 전자레인지를 발견했다.

나는 그것을 자동차 배터리와 연결하는 작업에 착수했다. 내 이론이 옳다면, 전자레인지 타이머를 아이스크림 할아버지가 죽던 날짜와 시각에 맞추고, 자동차를 제대로 고치고, 보름달이 뜬 밤에 폭풍우를 일으키는 것으로 충분할 터였다.

　모니카에게 필요한 물건을 가져다주는 일만 남았다.

　다음 보름은 8월 29일이었다. 그날까지 모든 준비를 끝낼 계획이었다.

도프카 납치 사건 이후 며칠은 내게 기나긴 고통이었다. 그 여름이 시작되기도 전에 치명적인 암에라도 걸린 것처럼 말이다. 꽃이 핀 정원은 병원 입원실 같은 분위기를 풍겼다.

나는 8월 29일을 기다렸다.

질은 하이에나와 이야기하며 시체들의 방에서 점점 더 오래 시간을 보냈다. 그 머릿속 기생충은 힘을 얻었다. 질의 얼굴마저 변하게 했다. 탐욕스럽게 뇌를 먹어 치우며 번식하는 탓에 질의 얼굴은 퉁퉁 부었고 눈은 퀭하게 들어갔다.

그러나 나는 그 애가 어딘가 남아 있다고, 그 영혼 깊숙이에서는 마지막 요새가 여전히 저항하고 있다고 확신했다. 침입자들로부터 살아남은 갈리아 마을. 매일 밤 내 침대 속으로 파고드는 질을 보며 나는 그 존재를 확신했다. 그 애는 내게서 조금 떨어져 몸을 웅크린 채 아무 말도 하지 않았다. 그 애의 눈물방울이 매트리스로 떨어지는 소리를 들을 수 있었다. 작은 몸들이 추락하고 있는 것 같았다. 그 눈물은, 기생충이 잠들면 저 멀리에서 깨어나는 갈리아 마을의 함성이었다. 나는 질을 꼭 안았다. 내 안의 무언가가 그 애를 곁에서 밀어 내라고, 그 애는 일곱 살이고 나는 열한 살이니 이제 그런 행동은 이상한 거라고 말하고 있었다.

하지만 상관없었다. 그런 접촉과 교류를 통해, 마지막까지 저항하고 있는 마을 사람들에게 식량을 줄 수 있다면. 남자와 여자, 말랐지만 튼튼한 아이들의 머리 위로 구호물품 상자를 떨어뜨리는 비행기를 떠올려 보았다. 무모하지만 강한 의지로 단단히 결속된, 즐거운 마을 사람들. 가라테 챔피언처럼 상체에는 문신을 하고, 물보라에 매끈해진 피부는 구릿빛으로 그을었으며, 팽팽한 근육으로 기생충을 없애 버리고 싶어 안달 나 있는, 낡은 갈색 가죽 천을 허리에 두른 남자들.

이 부족이 살아남아 있는 한, 내 동생은 완전히 패배하지는 않았다.

하지만 어느 날 아침, 그 부족이 한차례의 전투에서 패배했음을 알게 되었다.

질은 자기 방에서 헬무트라는 친칠라를 길렀다. 커다란 플라스틱 집에서 평화롭게 먹이를 갈아 먹으며 인생을 보내는 뚱뚱한 회색 털북숭이였다.

나뭇조각, 물 한 통, 쳇바퀴 하나, 건초 조금. 특별한 것은 하나도 없었다.

어느 날 어머니가 애완동물 상점에서 데리고 온 녀석이었다. 동물들이 그렇게 '절대적으로 끔찍한' 환경에서 살아야 하는 건 '땅 위의 지옥'이나 다름없다고 확신하면서 말이다.

개학이 얼마 남지 않은 그날 아침, 나는 어머니와 함께 사 온 새 학용품을 온통 방에 끄집어내어 정리하고 있었다. 나는 새 학년 준비를 좋아했다. 새 공책 냄새, 연필, 지우개, 골판지로 만든 바인더와 속지, 체크리스트, 내가 처

음으로 가지게 된 것들.(그해에 나는 컴퍼스를 갖는 행복
을 얻었다.)

나는 시작과 관련된 모든 것을 사랑했다. 계획에 따라
굴러갈 사건들을 상상하는 시간, 새로운 것들이 분류 센터
의 소포처럼 제각각 벨트 컨베이어를 따라 우리에게 도착
하면 적절한 곳으로 분류하는 것만으로도 충분히 만족스
러운 시간.

파란색 제목과 빨간색 소제목. 연필 지우개와 깃펜에 쓰
는 잉크 지우개. 책가방 앞주머니에 넣는 간식과 옆 주머
니에 넣는 물통.

분수와 기하학, 곱셈표 색인, 마지막으로 연습문제 색인
을 넣은 수학 파일.

마치 엄마 배 속에 있는 것처럼 따듯하고 포근한 짧은
시간. 그 시간만큼은 내가 삶의 여정을 능숙하게 지배하고
있는 듯한 환상을 품을 수 있었다. 마치 하이에나로부터
나를 보호해 주는 벽이 존재하는 것처럼.

하지만 결국엔 항상, 분류될 수 없는 종이들이 있다는
것을, 연습문제도, 기하학도, 곱셈도 진정 분류될 수는 없
다는 사실을 깨닫는 것으로 그 시간은 끝난다. 삶이란 믹
서에 담겨 출렁이는 수프와 같아서, 그 한가운데에서 바닥

으로 끌어당기는 칼날에 찢기지 않으려고 애써야만 하는
것이다.

　수성펜을 필통에 정리하느라 바쁠 때 이상한 소리가 질
의 방에서 들려왔다. 끽끽거리는 소리였다. 나는 반쯤 열
린 질의 방문으로 조용히 다가가 보았다. 질은 바닥에 무
릎을 꿇고 앉아 있었다. 한 손으로 헬무트를 움직이지 못
하게 붙들고, 다른 한 손으로는 헬무트의 발에다가 압정을
찔러 넣고 있었다. 친칠라는 몹시 날카롭고 비참한 비명을
지르며 고통에 몸부림쳤다.

　"뭐하는 거야?"
　질이 텅 빈 커다란 눈으로 나를 보았다. 그 눈에서는 조
금의 죄책감도 찾아볼 수 없었다. 나는 내가 놀이를 중단
시켰다는 사실을 깨달았다. 비록 짧은 순간이었지만 질이
즐거워하는 모습을 본 것이 너무도 오랜만이어서 마치 내
가 그 순간을 망쳐 버린 것만 같았다.
　나는 문을 닫았다.
　그리고 아무에게도 말하지 않았다.
　나는 친칠라의 신경 체계가 굉장히 단순할 거라고, 8월
29일 전까지만이라도 내 동생을 웃게 하는 데 도움이 된

다면 그 희생에는 가치가 있는 거라고 믿으려 했다. 환생
이라는 관점에서 본다면 헬무트의 카르마를 위해선 아주
훌륭한 일이라고도.

　결국 몇 주 후, 헬무트는 죽었다. 심장 마비였다.

마침내 8월 29일이 되었다. 나는 일찍 잠에서 깨었다. 방 창문을 통해, 장밋빛 안개가 감도는 프티팡뒤 숲이 보였다.

나는 모니카라면 이런 날에 마법의 빛을 입히지 않을 수 없을 거라고 생각했다.

마법을 거는 데에는 시간이 걸리기 때문에, 그 귀중한 물건은 아침에 가져다 달라고 모니카는 부탁했다. 그 물건에 대해 여러 가지로 생각해 보았는데, 우리 집에서 가장 강력하면서도 진정한 감성적 가치가 있는 유일한 물건은 바로 코끼리 엄니였다. 아버지는 그것을 다른 무엇보다도 아꼈다. 만약 집이 불타고 있다면, 아버지는 질과 내가 아니라 그 전리품을 먼저 구할 거라고 생각될 정도로.

내 계획의 유일한 약점이었다. 아침에 코끼리 엄니를 모니카네 집까지 가져가야 하는 데다가 그날 하루 종일 아버지가 시체들의 방에 들어가면 안 되었다. 토요일이어서 아버지는 출근을 하지 않았다.

밤이 오기 전에 아버지가 그것이 없어진 것을 눈치채는 상황은 상상하고 싶지도 않았다.

집은 잠들어 있었다. 데모 마을도 잠들어 있었다. 심지어 새끼 염소들마저 우리에서 아직 자고 있었다.

나는 모두가 잠에서 깬 후 일어나려고 기다렸다. 가능한 한 모든 것이 평소와 같다고 모두가 느껴야만 했다. 제일 먼저 깨는 사람은 언제나 어머니였다. 어머니는 발성 연습으로 자신을 맞이하는 코코에게 아침 인사를 하러 갔다. 그런 다음 염소에게 먹이를 주러 나갔다.

그것이 질과 내가 일어날 차례라는 신호였다.

나는 천장을 바라보며 오랫동안 참을성 있게 기다렸다.

나는 질의 머릿속에 있는 기생충을 생각했다. 하이에나도 생각했다. 이날 저녁, 전투는 승리로 끝날 것이었다. 그 모든 것은 전혀 존재하지 않았던 일이 될 것이었다.

엉망진창인 내 인생의 마지막 날이었다. 물론 아버지는 여전히 화를 낼 것이고 어머니는 언제나 아메바일 것이다. 하지만 나는 내 동생을 되찾을 것이다. 젖니를 활짝 드러내는 그 웃음도.

코코가 울었다.

나는 몸을 일으켰다.

전날 의자 위에 준비해 둔 옷이 나를 기다리고 있었다.

나는 아침을 먹으러 내려갔다.

아버지는 아직 자고 있었다.

나는 허겁지겁 시리얼 한 그릇을 삼켰다.

질이 조용히 와서 앉아 한 모금씩 우유를 마셨지만, 거의 없는 사람 같았다.

나는 참지 못하고 그 애에게 이렇게 말해 버렸다. "기다려 봐, 모든 게 제자리로 돌아갈 거야."

질이 우유 콧수염을 단 채 눈썹을 치켰다.

"무슨 소리야?"

"아무것도 아니야, 곧 알게 될 거야."

시체들의 방은 부모님 방 옆에 있었다. 아버지가 바로 옆에서 자고 있었기 때문에 코끼리 엄니를 가지러 가는 것은 위험한 일이었다. 하지만 아버지가 일어나길 기다리는 것은 훨씬 더 위험했다.

나는 층계참까지 소리 없이 미끄러져 갔다. 삐걱거리는 소리를 내지 않으려면 어떤 널빤지들을 피해 발을 디뎌야 하는지 정확하게 알고 있었다.

시체들의 방으로 들어가서 등 뒤로 문을 닫았다. 매번 그랬듯 하이에나가 눈으로 나를 물어뜯었다. 마치 아버지가 하이에나를 통해 나를 보고 있는 것만 같았다.

코끼리 엄니는 두 개의 고리 위에 놓여 있었다. 나는 엄니를 들어서 내렸다. 예상보다 훨씬 무거워 놀랐다. 목욕 수건으로 엄니를 감싸고 있을 때 아버지 방에서 소리가 들렸다. 아버지가 일어난 것이었다.

나는 숨을 멈추었다. 아버지의 몰로스(그리스 신화에 등장하는 몰로스 종족이나 몰로스 사람, 혹은 집을 지키는 큰 개인 몰로스 개―옮긴이) 같은 덩치에 내 발 아래 널빤지까지 움직였다. 아버지가 방에서 나왔다.

새벽빛 속에서 아버지의 실루엣이 문 아래로 그림자를 만들었다. 내가 방문 손잡이를 꼭 붙들고 있는 몇 초 동안 그림자는 움직이지 않았다.

아버지는 코를 훌쩍이며 마른기침을 하더니 욕실로 향했다. 나는 감히 움직이지 못하고 샤워 소리를 기다렸다.

그리고 수건으로 감싼 엄니를 팔 아래 꼭 숨기고 아래층으로 내려갔다.

어머니가 부엌에 있었지만 들키지 않고 빠져나올 수 있었다.

나는 숲속 모니카의 집을 향해 최대한 빨리 달렸다.

모니카네 집 문을 두드렸다. 문을 열어 준 모니카는 아직 잠에서 덜 깬 것 같았다. 평소보다 아름다워 보였다. 헝클어져 얼굴을 가린 긴 회색 머리카락 뒤편에서 그녀가 미소를 지었다.

"아, 안녕! 들어오겠니?"

나는 안으로 들어가서 상아를 끄집어냈다. 모니카의 눈이 휘둥그레졌다.

"아니, 이게 뭐니?"

"우리 집에서 가장 귀중한 물건이에요. 아버지가 사냥해 왔는데, 정말로 정말로 아끼는 거예요."

"그래서? 이걸 써도 된다고 허락받은 거니?"

"아, 아니요! 하지만 어차피 아버지는 모를 거예요, 우리가 시간을 되돌릴 테니까요."

"바보 같은 짓 하지 마."

모니카는 상아를 쓰다듬으며 잠깐 생각에 잠겼다. "아니야, 이 정도로 강력한 물건이 필요한 건 아니야, 알겠니. 나는 그냥 플러시 곰 인형이나 그 비슷한 걸 생각했단다."

그녀는 다시 한 번, 잠깐 생각에 잠겼다.

"이 엄니를 있던 곳에 다시 갖다 놓고, 담요 같은 거나 하나 가지고 오렴, 알았지?"

"그건 너무 위험해요. 아버지가 일어나 있어서, 지금은 집으로 가져갈 수 없어요. 만약 들키기라도 하면, 아버지는……."

입이 뜻대로 움직이지 않았다. 하고 싶은 말은 목구멍에 걸려 나오지 않고, 커다란 눈물 두 방울이 흘러내렸다.

나는 그런 걸 싫어했다. 우는 것부터가 이미 싫었는데, 눈물이 터져 나와 놀랄 때면, 나 자신에게 화가 치밀었다.

"이걸 다시 가져다 놓을 수는 없어요. 우린 과거로 돌아가야만 해요, 그게 유일한 방법이에요."

모니카는 마치 자신의 눈물을 보듯 내가 우는 모습을 보았다. 그녀의 눈동자가 좌우로 빠르게 조금 흔들렸다. 그 모습에 내가 학교에서 배웠던 어떤 단어가 떠올랐다. '당황.' 그녀는 당황한 것이었다.

"하지만……. 이건 그냥 놀이일 뿐이라는 사실을 아는 거 아니었니?"

무슨 말인지 이해할 수 없었지만, 뺨을 한 대 얻어맞은 기분이었다. 그 말의 의미를 뜯어보기도 전에, 내 뇌는 그 안에 담긴 끔찍함을 전부 알아차렸다. 놀이? 그 일은 놀이가 아닌 다른 무엇이든 될 수 있었다. 하지만 절대, 놀이만은 아니었다. 나는 눈물과 분노를 다스리기 위해 초인적인 힘을 짜내야 했다.

"자동차는 준비됐어요, 필요한 부분은 모두 고쳤다고요. 폭풍우만 있으면 돼요. 폭풍우를 일으킬 수 있다고 했잖아요. 가능하다고요! 오늘 저녁에 과거로 가서 내 동생을 구할 거예요. 말했잖아요! 우리가 내 동생을 구하고, 아이스크림 할아버지를 구하고, 그러면 그것들이 더 이상 내 머리를 먹어치울 수 없다고요. 그렇게 말했잖아요!"

모니카의 눈에서 눈물이 흐르기 시작했다. 그녀는 두 손으로 내 얼굴을 잡고 고개를 가로저었다.

"미안하구나."

"할머니는 요정이잖아요……."

그녀는 다시 고개를 가로저었다.

달려야 했다. 그저 달려야만 했다. 그녀의 말로부터 도망쳐야만 했다. "하지만……. 이건 그냥 놀이일 뿐이라는 사실을 아는 거 아니었니?"

나는 모니카의 집을 나와 발톱의 계곡을 지나서 옥수수밭에 도착했다. 내 다리가 간신히 나를 따라오는 것처럼 느껴질 만큼 빨리 달렸다. 날카로운 잎들이 뺨을 할퀴었지만 아무 상관 없었다.

나를 완전히 베어 줄 수 있다면, 옥수수 들판 위로 내리는 붉은 비처럼 아주 작은 살점들로 사라지게 해 줄 수 있다면, 차라리 고마웠을 것이다. 나는 모래 언덕에 다다라 뛰어올랐다. 그곳에서 역시, 아래로 떨어져 납작해져서 모두 그만두고 싶었다. 마지막으로 들려오는 하이에나의 웃음소리를 들으면서. 이어지는 적막, 그리고 어둠.

하지만 나는 노란 모래로 덮인 바닥에 무사히 내려왔다. 그리고 그곳에서 잠시 흐느꼈다.

나는 모래 속에 손가락을 찔러 넣어 손톱이 부서지도록 젖은 땅을 할퀴었다. 아침 해가 땅 위로 떠올라 내 눈물을 핥았다. 그림자처럼 따뜻하고 가벼운 바람이 머리카락을 쓰다듬었다. 내가 진정하기를 바라는 듯했다. 하지만 아무 소용 없었다. 누군가 내 목구멍에다 집어넣은 듯 선명한 분노가 활활 타올랐다. 나는 타임머신 자동차로 다가갔다. 그리고 쇠파이프를 들어서 내리쳤다. 자동차 창을 부쉈고, 지붕을 부쉈으며, 전자레인지를 부쉈고, 1년 동안의 모든 작업을, 계획을, 희망이 넘쳤던 연구를 부쉈다.

"뭐야?" 폐차장 주인이 나타났다. 나는 쇠파이프를 든 채 그를 똑바로 바라보았다. 그 역시 부숴 버리고 싶다는 생각이 들었다. 그는 그런 일을 당할 만했다. 누군가는 그런 일을 당해야 했다. 누구든 상관없었다. 내 안을 갈기갈기 물어뜯은 것이 밖으로 나와서 다른 누군가를 먹어 치워야만 했다.

나는 그에게 덤벼들었다. 남자가 한 손으로 쇠파이프를 잡고 다른 손으로 내 얼굴을 때렸다. 나는 자동차가 있는 곳까지 내동댕이쳐졌다.

충격이 너무나 심해서 몇 초간은 숨을 쉴 수가 없었다. 그가 나를 바라보았다. 빨갛게 달아올라서는 목에 정맥이 불끈 솟아 있었다. 손에는 여전히 쇠파이프를 든 채였다. 그가 나에게 다가오더니 쇠파이프를 머리 위로 들어 올리고는 으르렁거렸다.

"내 땅에서 나가, 더러운 꼬마 녀석!"

나는 일어나 모래 언덕을 향해, 나무뿌리를 향해, 옥수수 밭을 향해, 작은 숲을 향해, 우리 집을 향해 달렸다. 내 인생에서 처음으로 집이 피난처처럼 느껴졌지만 그것이 과연 좋은 일인지는 확신할 수 없었다.

나는 아무도 눈치채지 못하도록 조심스럽게 움직였다. 질은 자기 방에서 아무 소리도 내지 않고 놀고 있었다.

나는 침대에 누워 배 속에서 그 모든 것이 사그라들기를 기다렸다.

그런 다음 곰곰이 생각했다. 가장 긴급한 문제는 코끼리 엄니였다. 모니카의 집에서 찾아와 아버지가 알기 전에 제자리에 돌려놓아야 했다.

나는 몸을 일으켰다. 모니카의 집에 다시 가야 한다는 생각을 하자 묘한 기분이 들었다. 가고 싶기도 했고, 가기 싫기도 했다.

나는 도프카를 데리고 내려갔다. 내가 어디를 가고 어디에서 돌아오는지, 부모님은 대체로 묻지 않았다. 하지만 신중해야 했기에, 개와 함께 산책을 가는 것처럼 보이고 싶었다. 나는 밖으로 나갔다.

아버지는 커피 잔을 놓고 테라스에 앉아서, 염소들에게 건초를 주는 어머니를 지켜보고 있었다.

어머니는 염소들에게 노래를 불러 주었다. 특히나 신경질적인 퀴맹은 물론이고, 다른 염소들에게도 좋은 영향을 준다고 했다.

그저 하찮은 짐승일 뿐인데.

공격적이고 못된 한 마리 염소.

하지만 염소의 잘못이 아니었다. 코코와 마찬가지로 퀴멩은 우리에 있는 것을 견디지 못했다. 게다가 우리는 염소 다섯 마리에겐 너무 작았다. 하지만 어머니는 염소들을 떼어 놓으려 하지 않았다.

그래서 어머니는 염소들에게 노래를 불러 주었다.

그리고 아버지는 그런 어머니를 지켜보았다.

그 노래가 아버지 마음까지 진정시키는 것 같지는 않았다. 그 반대였다. 아버지는 어머니 흉내를 냈다. 입이 삐죽거렸다. 오른쪽 입꼬리는 이제 막 울기 시작하려는 아이처럼 아래로 처져 있었고, 왼쪽 입꼬리는 으르렁거리는 개처럼 올라가 있었다.

그러면서 턱과 함께 이상하게 꿈틀거렸다.

나는 정원을 통해 밖으로 나갔다.

아버지의 목소리가 내 뒤에 와 부딪혔다.

"어디 가는 거지?"

나는 깜짝 놀라 펄쩍 뛰었다.

"도프카 산책시키려고요."

"남자 친구 생긴 거 아니냐?" 아버지가 메마른 소리로 웃었다.

"아니에요."

"숨기면 내가 모를 줄 아는 거냐. 남자 친구가 생긴 거야!" 아버지가 다시 웃었다.

"아니에요, 그게 아니라⋯⋯."

나는 도망쳤다.

아버지는 내가 뭔가 숨기고 있다는 걸 느꼈던 것이다. 그게 무엇인지까지는 몰라도, 어쨌든 느낀 것이다. 두려움이 밀려들어 다시 눈물이 솟기 시작했다.

나는 그렇게, 뺨이 눈물로 흠뻑 젖고 불타오르는 듯 뜨거워져서는 모니카의 집에 다다랐다. 그녀가 어떻게 생각할지는 상관없었다. 단지 최대한 빨리 코끼리 엄니를 되찾고 싶을 뿐이었다.

모니카는 나무 그루터기에 앉아 나를 기다리고 있었다. 수건에 싸인 엄니가 그 옆에 놓여 있었다.

"제자리에 가져다 놔야 해요." 나는 중얼거리면서 엄니를 쥐었다.

모니카가 내 손목을 붙들었다. "기다리렴, 아가." 갈라진 목소리였다. 그녀의 뺨 역시 빨갛게 달아올라 있었다.

"폭풍우에 대해선 거짓말을 했지만, 다른 건 아니야. 마리 퀴리에 대해서도 아니야. 넌 용감한 아이야. 네겐 위대한 일을 해낼 용기가 있어. 오늘 네 얼굴은 무척 단호했단다. 다만…… 계속 싸워라. 미안해, 나는 요정이 아니야. 그래도 넌, 넌 특별하단다, 꼬마 아가씨. 그렇지 않다고 하는 사람이 있거든, 이렇게 말해 줘. 꺼져 버리라고."

나는 모니카의 말을 듣고 싶지 않았다. 단지 엄니를 제자리에, 마치 한 번도 그 벽을 떠난 적 없었다는 듯 도로 가져다 놓고 싶을 뿐이었다.

모니카가 내 손목을 더 강하게 잡았다.

"날 보러 또 올 거지?"

그러지 않을 거라는 것을 알았지만 나는 고개를 끄덕였다. 그냥 그녀가 나를 놓아주기만을 바랐다.

나는 다시 테모로 향했다.

작은 숲에서 우리 집과 정원이 보였다. 숲 덕분에 몸을 숨기고 지켜볼 수 있었다.

어머니는 여전히 염소 우리에서 노래를 부르고 있었지

만 아버지는 테라스에 없었다. 아버지가 어디 있는지도 모르면서 엄니를 가지고 집으로 들어가는 위험을 감수할 수는 없었다.

나는 현관문으로 통하는 작은 길로 들어섰다. 문은 회양목으로 덮여 있어 엄니를 숨겨 놓기에 적당했다.

나는 조용히 집으로 들어가 보았다. 뉴스 소리가 내게, 아버지가 TV 앞에 있다고 알려 주었다. 내가 바라던 바로 그 자리에. 나는 엄니를 찾으러 회양목 덤불로 다시 돌아갔다.

현관으로 들어서자 코코가 울며 나를 맞이했다. 나는 할 수 있는 한 조용히 문을 닫았다.

바깥의 더위에 비해 전실은 선선했다. 다리 피부가 떨렸다. 슬그머니 계단으로 향하는 나를 마치 하이에나가 쫓고 있는 것만 같았다. 등 바로 아래에서 그 뜨거운 숨결마저 느껴졌다. 격렬한 불안이 덩어리가 되어 가슴에서 활활 타올랐다. 거의 숨을 쉴 수조차 없었다.

그래도 계단을 거의 올라갔다.

"뭐지?"

아버지의 목소리가 나를 막아 세웠다.

몸이 녹아 사라져 버릴 것만 같았다.

아버지는 거실에서 계속 나를 지켜보고 있었던 것이다.

나는 아버지를 바라보았다. 내 몸은 계단 위에서 폭포처럼 쏟아져 내린 거대한 피 웅덩이로 변해 버렸다. 남은 것이라고는 마룻바닥에 그대로 드러난 채 아버지를 바라보는 두 눈동자뿐이었다.

그러자 아버지의 분노가 치솟는 순간에 어머니가 어떤 기분이었을지 이해할 수 있었다. 아메바가 된다는 것이 어떤 일인지도 이해할 수 있었다. 아버지가 나를 위해 준비해 놓은 그 무엇을 견디느니, 아메바가 되는 편이 백만 배는 나을 듯했다.

나는 아무 소리도 낼 수 없었다. 피 웅덩이는 말을 하지 않는다.

"널 보니 좋아하디, 네 애인 말이다? 하하하하하!"

아버지가 웃었다. 숨을 쉬지 못하도록 조여 오는 비단뱀 같은 아버지의 웃음.

나는 간신히 고개를 저었다.

"그건 뭐지?"

아버지가 턱으로 수건을 가리켰다.

"……숲에서 주웠는데…… 뭘 좀 만들까 하고요……."

아버지의 왼쪽 눈이 움찔거리더니, 입이 뒤틀렸다. 아버지는 염소에게 노래를 불러 주는 어머니를 보듯 나를 쳐다보았다. 그러고는 수건을 보았다. 아버지가 한 발짝 앞으로 다가왔다.

정원에서 앵무새들이 울었고 코코가 답했다. 나는 더 이상 내 앞날을 볼 수 없었다. 내게는 보통 가까운 앞날에 대한 구체적인 계획이 있었다. 다음 날 무엇을 할지, 일주일 동안 무엇을 할지, 무엇을 먹고, 무엇을 읽을지. 하지만 그 순간에는, 모든 것이 하얗게 변해 버렸다.

아버지는 엄니를 발견할 것이고 그러면 내가 상상할 수도 없는 결말을 향해 모든 것이 미끄러져 갈 게 뻔했다.

거실에서 오후 1시 뉴스를 알리는 소리가 들려왔다.

아버지는 움직이지 않았다. TV와 수건을 몇 번 번갈아 보더니, 곰 가죽 위로 가 앉았다.

스트레스와 공포가 아드레날린 분비를 촉진한다고 책에서 읽은 적이 있다. 그때 내 몸에서도 아드레날린이 과다 분비된 것이 분명했다. 거의 아무것도 보이지 않았기 때문이다. 몇 줄기 빛만이 스며드는 검은 안개가 내 머리를 점

령했다. 계단을 올라 시체들의 방까지 가기 위해, 마치 한밤중에 어둠 속에서 화장실을 갈 때처럼 감각의 기억에 의지해야 했다. 방에 들어가자 질이 거기, 하이에나 옆에 있었다. 나는 엄니를 꺼내어 고리 위에 다시 올려놓았다. 질의 작은 얼굴이 무표정하게 나를 바라보았다. 아무것도 설명하고 싶지가 않았다. 너무 길고, 너무 복잡했다.

그날 밤, 나는 질이 평소처럼 내 침대로 오기를 기다렸다. 그 애는 오지 않았다. 다음 날 밤에도 오지 않았다. 우리는 이제 더 이상 함께 자지 않았다.

그 여름은 시작되었을 때처럼 그렇게 끝났다. 죽음에 이르는 기나긴 고통. 그 끝에 이른다 하더라도 고통이 덜어지진 않을 걸 알면서도, 나는 마지막을 기다렸다.

마지막 몇 주 동안은 모니카의 말을 이해하려 해 보았다. "오늘 네 얼굴은 무척 단호했단다. 다만 계속 싸워라."

만약 내 방식이 틀렸다면?

만약 내가 전투에서 막 패배한 거라면?

하지만 내 전쟁은 이제 시작일 뿐이라면? 몇 년이나 지속될 전쟁이 말이다.

시간여행 같은 건 결국 아무 상관 없었다. 시간은 중요하지 않았다. 그 무엇도 중요하지 않았다. 나는 단지 기생충이 내 동생의 뇌를 먹는 모습을 지켜보며 평생을 보내야 한다는 사실을, 그 애를 영원히 잃는다는 사실을 받아들일 수 없을 뿐이었다. 내 존재 전부를 희생해야 한다 하더라도, 지켜보고만 있을 수는 없었다. 그렇게는 살 수 없었다. 다른 방법은 아무것도 없었다.

과학이다. 과학이 남아 있었다. 마법은, 마법은 죽었다. 아이들 장난 같은 것이었을 뿐이다. 그리고 나는 이제 더이상 아이가 아니었다.

방학이 끝났다.

9월 26일, 질은 여덟 살이 되었다. 아버지는 그 애를 사격장에 등록했다.

그해 나는 중학교에 들어갔다. 모든 것이 달라졌다.

남자아이들은 여자아이들 뒤를 쫓아다니기 시작했고 여자아이들은 숙녀가 된 것처럼 굴었다. 그 작은 세계 전체가 거대한 호르몬 공장에 완전히 흡수되어 흘러갔다. 모두가 이제 막 시작된 사춘기의 증거를 트로피처럼 과시했다. 한쪽은 콧수염의 배아를 싹 틔웠고, 다른 한쪽은 가슴에 봉오리를 맺었다. 신경질적인 동물 떼 같은 아이들이 나는 조금 낯설었다. 특히 군집 본능은 그 아이들을 공격적으로 만들었다. 왜인지는 모르겠지만 다 같이 우리 반의 한 여자아이를 놀려 댔다. 항상. 특별한 이유 없이. 너무 가득 차올라 넘쳐흐르는 감정을 쏟아 내야만 했었는지도 모른다. 그 감정이 그 여자아이에게로 쏟아졌던 것이다.

나는 과학 수업에 열정을 쏟았다. 특히 물리학 수업에. 나는 시간의 작용 법칙을, 인과 관계의 원칙을, 메타사이콜로지의 역설을, 시공간의 곡률을 이해하고 싶었다. 인과 관계의 원리에 따르면, 결과는 원인보다 우선할 수 없다. 그 때문에 이론상으로는 시간여행이 불가능하다. 하지만 몇몇 과학자들은 이 이론을 반박하고 '역 인과 관계'에 대해 말했다. 만약에 과거로 돌아갈 수 있는 아주 작은 가능성이라도 존재한다면, 나는 그것을 찾아야만 했다.
질의 웃음을, 그 애의 젖니를, 커다란 녹색 눈을 되찾기 위해서……

선생님들은 그런 내 모습을 '생동하는 정신'이라고 부르며 내가 보이는 호기심에 매우 기뻐했다. 사실 그것은 동기가 무엇인지에 대한 문제일 뿐이었다. 만약 그 모든 것이 한 어린 소년의 웃음에서 비롯되었다는 사실을 알게 된다면……. 하지만 선생님들에게 그 이야기를 할 수는 없었다.

방학이 시작되면서 여름이 왔고, 고양이들이 사라지기 시작했다. 우리 마을의 고양이들이.

　데모 여기저기에 작은 전단이 붙었다. 도프카가 사라졌을 때 질과 내가 그랬던 것처럼, 절망에 빠진 아이들이 며칠 동안 눈물이 터질 것 같은 커다란 눈으로 마을 집들을 찾아다니며 네 발 달린 작은 친구의 사진을 내밀었다.

　나는 여전히 아무것도 말하지 않았다.

　하지만 나는 알고 있었다.

　질이 연쇄 살해범이 되었다는 사실을.

　데모 고양이들의 잭 더 리퍼라는 것을.

어느 날 저녁 도프카와 함께 산책을 나갈 때, 그 증거를 발견했다.

질은 아버지와 함께 사격장에 가서 집에 없었다. 토요일 오후 두 사람의 일과였다. 두 사람 사이에 새로운 관계가 자리 잡고 있었다.

자기 손으로 무기를 쥘 수 있게 된 후로, 질에겐 아버지의 관심을 끌 만한 가치가 생긴 것처럼 보였다.

아버지와 질은 내가 전혀 이해하지 못하는 것들에 관해 이야기를 나누기 시작했는데 주로 스미스 앤드 웨슨, 베레타, 피에르 아르티장, 브라우닝 등 어떤 총으로 어떤 동물을 쏘면 좋은지에 관해서였다. 어떻게 코뿔소의 피부에 구멍을 낼 것인가? 어떻게 수백 미터 떨어진 곳에서 살아 있는 동물의 내장을 가루로 만들어 버릴 것인가?

동생이 사냥 팀에 들어가기 위해서는 당분간 기다려야 했다. 먼저 움직이지 않는 표적을 쏘는 법을 배워야만 했기 때문이다.

질의 외모는 계속해서 변했다. 더 이상 어린 소년이 아니었다. 여덟 살이었는데도 몸 안에서 어떤 화학적 변화가 일어났다. 나는 그렇게 그 애를 오염시키고 있는 것이 기생충이라고 확신했다. 심지어는 냄새조차 예전 같지 않았다. 향기가 변질된 것만 같았다. 껄끄러운 어떤 것을 뿜어내고 있었다. 미묘했지만, 나는 느낄 수 있었다. 그것은 그 애의 미소에서도 나왔다. 나는 그것을 질의 새로운 미소라고 불렀다. '한 발짝만 더 와 봐, 해치워 버릴 테니.' 하는 일그러진 미소.

내 동생의 미소가 엉망이 되었다.

그래도 나는 그 애의 비밀을 지켰다.

그날, 나는 록 밴드 크랜베리스의 편집 앨범을 녹음한 오래된 카세트테이프를 찾고 있었다. 내 방에서는 발견하지 못해 질의 방으로 갔다. 테이프는 그 애의 책상 서랍 속에 숨겨져 있었다.

나는 그것을 워크맨에 넣고 도프카와 함께 나갔다.

나는 매일 도프카를 산책시켰다. 숲과 들판을 걷는 것이 좋았다. 도프카는 토끼 쫓는 것을 좋아했다. 테리어의 특성이었다.

나는 자연과 그것의 온전한 무심함을 사랑했다. 우리 집에서 무슨 일이 일어나든 자연은 자기만의 방식대로 생존과 번식에 관한 세밀한 계획을 수행했다. 아버지가 어머니를 망가뜨려도, 새들은 신경도 쓰지 않았다. 나는 거기에서 위안을 느꼈다. 새들은 지저귀고 나무들은 삐걱거렸으며 바람은 밤나무 잎 사이를 오가며 쉼 없이 노래를 불렀다. 그들에게 나는 아무것도 아니었다. 그저 관람객이었다. 그리고 작품은 멈추지 않고 공연되었다. 계절에 따라 배경이 바뀌었지만 매년 여름이 왔고, 그 빛과 향기와 길가 가시덤불 위로 솟아나는 나무딸기는 언제나 변함없었다.

나는 어린 아들 다케시를 유모차에 태우고 산책하는 깃털과 자주 마주쳤다. 그러면 우리는 함께 그 길 끝까지 걸었다. 그녀에게서는 항상 점토 냄새가 났다.

나는 결국 그들의 일과를 어느 정도 파악했고 좀 더 자주 마주칠 수 있도록 산책 시간을 바꾸었다. 깃털은 수다쟁이였는데 나는 그녀의 목소리가 참 좋았다. 뭔가를 다다다다 때리는 듯한 재미있는 억양도 살짝 느껴졌다.

내가 인식하지 못한 사이에, 깃털과 함께 보내는 순간들은 내게 없어서는 안 되는 시간이 되었다.

자신은 근처 고등학교의 교사이고, 가라테 챔피언은 같

은 학교에서 체육을 가르친다고 그녀는 내게 말해 주었다.

"있잖아, 그이는 진짜 챔피언이었어. 몇 해 전에는 시드니 세계선수권대회에 출전 선수로 뽑히기도 했어. 그런데 출발 전날, 샤워를 하고 나오다가 넘어져 버린 거야. 꼬리뼈가 부러졌지. 그 사람 경력은 거기서 끝났어. 완전히 회복하지 못했거든."

그러니까 그날, 나는 도프카와 길을 나선 후 깃털과 마주치길 바라면서 데모를 걷고 있었다.

햇볕이 강할수록 마을은 더욱 우중충해졌다. 대조적이었다. 날이 아름다울수록 우리 마을은 못생겨졌던 것이다.

빛은 마을의 어두운 구석을 모두 드러냈다. 잔인하지만 분명한 사실이었다. 심지어 모든 조건들이 완벽할 때조차도, 우리 마을은 언제나 절망적으로 추하다는 것을 나는 잘 알고 있었다. 나는 엄청나게 뚱뚱한 남자가 목욕 가운을 입은 채 기다랗고 더러운 플라스틱 의자에 앉아 졸고 있는 조그마한 정원 앞을 지나갔다. 그의 피부 아래쪽은 하얗고 위쪽은 빨갰다. 마치 산딸기 푸딩 같았다. 조금 떨어진 다른 집에선 역시 아주 뚱뚱한 한 남자가 상반신을 드러낸 채 자동차를 씻고 있었다.

나는 가라테 챔피언의 상체를 여전히 기억하고 있었다. 똑같은 종인 두 동물의 상반신이 어떻게 그렇게 다를 수 있는지 생각해 보았다. 그동안 공부한 내용 덕분에 과학적 추론도 해 볼 수 있었다.

곧이어 질과 동갑이거나 조금 더 어릴 것이 분명한 작은 소녀와 마주쳤다.

알림판에 고양이 사진이 있는 전단지를 붙이고 있었다. 나는 눈을 내리깔고 걸음을 서둘렀다.

나는 깃털의 집 앞에 도착했다. 그녀는 유모차를 끌고 막 나오는 중이었다. 타이밍이 딱 맞았다.

내가 다가가자 깃털은 나를 보고 미소 지었다.

우리는 데모를 벗어나 들판으로 향했다.

다케시는 유모차에서 금세 잠이 들었다. 햇볕을 받으며 산책하는 길에 유모차에서 잠이 드는 것은, 삶에서 마주칠 수 있는 가장 큰 기쁨이 분명하다는 생각이 들었다.

깃털은 머리를 가볍게 움직여 머리카락을 뒤로 넘겼다.
"나 임신했어, 여자아이야."

그녀의 목소리에 담긴 어떤 것이 내 심장을 눈송이로 바꾸었다. 그녀가 그것을 흔들자 반짝거리는 수천 개의 입자가 내 안에서 움직였다.

아직 태어나지도 않은 그 아기는 벌써 어머니로부터 깊은 사랑을, 무엇보다도 소중한 사랑을 받고 있었다. 그 사랑은 내가 존재했던 지난 12년 동안 내 부모님으로부터 그러모아야 했던 것보다 커 보였다. 하지만 보잘것없다는, 괴롭다는 생각은 들지 않았다. 어떤 위로가, 안전함이 느껴졌다. 바로 그 순간, 나는 내가 깃털을 사랑한다는 것을 깨달았다.

우리는 데모로 되돌아오는 한 시간 동안 수다를 떨며 걸었고, 그녀는 자기 집으로 돌아갔다.

도프카와 나도 집으로 향했다. 남자는 아직도 긴 의자에서 자고 있었는데, 이번엔 배를 대고 엎드려 있었다. 이제는 온몸이 빨갰다. 악성 흑색종이 생길지도 모르는데.

워크맨을 가져왔다는 사실이 문득 생각났다. 나는 귀에 이어폰을 꽂고 플레이 버튼을 눌렀다. 내장을 찢을 듯한 소리가 들렸다. 크랜베리스의 리드 싱어 돌로레스 오리어던의 목소리가 아니었다. 비명이었다. 고문당하는 고양이의 비명이었다. 헬무트에게서 들었던 그 비탄 어린 절규가 생각났다. 나는 토하고 싶은 것을 꼭 눌러 참으며 귀에서 이어폰을 뺐다.

아이스크림 트럭이 지나갈 때면 질이 항상 자기 워크맨을 튼다는 것은 이미 알고 있었다. 「꽃의 왈츠」를 듣지 않기 위해서. 하지만 나는 그 애가 음악을 듣는 거라고 믿고 있었다.

이 카세트테이프를 어떻게 해야 할지 알 수 없었다. 처음으로 떠오른 생각은, 질의 머릿속 기생충이 이런 울부짖는 소리를 먹이로 삼지 못하도록 테이프를 망가뜨리는 것이었다. 「쥐라기 공원」에서 보았던 무서운 장면이 생각났다. 벨로키랍토르의 우리 속에다가 강철 윈치로 젖소를 내려 준다. 이어서 나무와 풀이 흔들리는 것만 보인다. 조금 후 윈치는 텅 빈 채 이리저리 흔들리며 다시 올라간다. 내 동생의 머릿속에 있는 기생충은 「쥐라기 공원」의 벨로키랍토르만큼이나 탐욕스럽고 악의가 넘쳤다.

한편으로는, 카세트테이프를 찾지 못한 질이 다른 걸 다시 녹음할까 봐 두려웠다. 나는 이미 침묵으로 충분히 공범이 되었는데, 또 다른 동물이 학대받는 것을 모른 척하고 싶지는 않았다.

집으로 돌아온 나는 질이 사격장에서 돌아오기 전에 카세트테이프를 제자리에 가져다 두었다.

아버지와 동생 사이가 가까워지면서 나는 더욱 외로워졌다. 내가 과거를 바꾸지 않는 한, 나와 질의 관계는 망가진 채일 것이었다. 또한 나와 아버지 사이에 그런 친밀감은 있을 수 없다는 사실도 잘 알았다. 내가 딸이었기 때문이다. 내가 무기나 사냥에 관심을 보였다 하더라도 사냥클럽에 들어가는 것을 허락받지는 못했을 것이다.

두 사람의 대화에 끼어 보려고도 했지만 그런 노력은 일관성 있게 "너는 이해 못 해."로 끝났다.

나는 반박하지 않았다. 나는 그것을 남자아이가 여자아이보다 가치 있다는 증거이자 내가 접근하지 못하는 어떤 영역이 존재한다는 증거로 받아들였다. 보통은 그랬다. 그런 법이었다. 아마도 유전이었을 것이다. 게다가 AK-47 소총을 들고 있는 마리 퀴리를 상상하기 힘든 것도 사실이었다.

아버지에겐 상속자가 있었고, 상속자는 아들이었다. 어머니더러 아이 둘을 낳게 한 것은 오로지 아들을 얻기 위해서였다는 사실을 나는 알고 있었다. 만약 질이 여자아이였다면, 어머니는 분명 세 번째 임신을 견뎌야 했을 것이다.

나를 아프게 하는 것은, 질의 머릿속에 하이에나가 자리 잡은 바로 그 순간 아버지가 질에게 관심을 보이기 시작했다는 사실이다.

나는 아버지가 기생충을 사랑했고, 그놈에게 먹이를 줄 수만 있다면 무엇이든 했을 거라고 생각한다.

나는 둘에게서 멀어졌고, 점점 더 혼자가 되어 갔다.

그리고 그해, 내 몸은 아주 많이 변했다. 모든 것이 둥그레졌다. 가슴은 물론이고 허벅지와 허리, 그리고 엉덩이까지. 나는 그 모든 변화에 어떻게 해야 할지 몰랐다. 너무 많이 신경 쓰지 않으려 했지만 내 몸의 형태에 따라 다른 사람들의 시선까지 바뀌는 것이 너무나 명백히 보였다. 특히 아버지의 시선이 그랬다. 나는 전혀 흥미롭지 않은 보잘것없는 존재에서, 혐오스럽고 보잘것없는 존재가 되었다.

마치 내가 무언가 잘못한 듯했다.

때때로 티셔츠 속으로 볼록하게 솟은 가슴을 바라보는 질의 시선이 느껴졌는데, 거의 비난하는 것처럼 보였다.

내가 어떤 역겨운 생명체가 되어 가는 것 같았다.

어머니와 가까워져야 당연했을 테지만, 어떻게 아메바와 그런 관계가 될 수 있단 말인가?

노력은 해 보았지만 대화는 의미 없는 대꾸로 끝났다. "퓌레를 마저 만들어." "새 신발이 필요하겠네." "햇빛 덕분에 무스카드의 건선이 나아지겠어." "동물이 인간보다 점잖아."

그 모든 것에도 불구하고 나는 가끔씩 어머니의 정원 일 돕는 것이 좋았다. 말없이 함께 잡초를 뽑는 오후면 어머니와 나 사이에 어떤 공감대가 생기는 듯 느껴졌던 것이다.

매해 8월 마지막 주에는 데모에서 벼룩시장이 열렸다. 노점상 한 무리가 거리 가득 기름지고 달콤한 냄새를 풍기며 진열대를 설치했다. 바바파파 캐릭터도, 오리 낚시도, 사격과 범퍼카도 등장했다. 주민들은 각자 남아도는 농작물을 집 앞에 늘어놓았다. 그러고는 집에서 나와 서로 인사를 나누었다. 무언가 바뀌고 있다고, 사람들이 진짜로 만나서 우정이나 사랑 따위와 비슷한 관계를 맺고 있다고 여겨질 정도였다.

하지만 그들은 자리를 뜨자마자 각자의 고립된 허탈감만이 가득한 곳으로, TV 앞으로, 우울증과 신랄함과 인간

혐오와 무기력과 당뇨병만을 골라 키우는 곳으로 돌아갔다.

어머니와 동생과 나는 매년 벼룩시장에 놀러 갔었다. 아이스크림 할아버지 사건 이후 기름이 끓고 있는 커다란 솥 앞에서 일하는 사람들을 보면 무척 걱정스러웠는데도, 설탕을 뿌린 도넛 스무트볼렌을 보면 먹고 싶어졌다.

나는 언제나 열두 개를 사 달라고 했다. 그럴 때마다 어머니는 여덟 개만 먹어도 충분하고도 남을 거라고 했지만 나는 포기하지 않고 졸랐다. 그러면 어머니는 항상 열두 개를 사 주었고, 나는 항상 여섯 개를 먹었다.

그 전해에 질은 사격 게임을 했고 과녁을 거의 다 명중시켰다. 총을 붙잡고 작은 납 총알을 넣은 후 목표를 겨누었다. 제대로 조준하지도 않았다. 살아 있지 않은 것을 쏘아 관통시키는 것에는 흥미가 없어 보였다.

전혀 즐거워 보이지 않았다. 그 애에겐 사격장이, 진짜 무기가 있었던 것이다. 질이 우리와 함께 벼룩시장에 가지 않은 것은 그해가 처음이었다.

오리 낚시 노점 앞을 지나가면서 어머니는 비닐봉지에 금붕어를 넣어 아이들에게 주고 있는 동네 사람을 쏘아보왔다. 그런 탓에 나는 단 한 번도 오리 낚시를 해 볼 수 없었다. 그런 동물 사형 집행인에게는 절대로 동전 한 푼이라도 줘서는 안 될 일이었다.

조금 더 멀리 걷고 있는데 깃털이 보였다. 플레이모빌을 가지고 놀고 있는 다케시 옆 보도에 앉아서 그 애의 작아진 옷들을 팔고 있었다. 여름이 시작될 무렵보다 배가 더 부풀어 있었다.

인사를 하러 다가가는데 등 뒤에서 어떤 목소리가 나를 멈춰 세웠다.

"아, 이런, 도프카잖아!"

나는 돌아섰다. 가라테 챔피언이었다. 그가 거기 있었다. 자신에게 축제의 기회를 열어 주었던 내 개를, 무릎을 꿇고 앉아 쓰다듬고 있었다. 도프카는 기억을 할까?

챔피언이 나를 바라보았다. 그러고는 길들지 않은 말 같은 몸을 일으켰다. 지난해 내 배 속에서 팽팽하게 부풀어 올랐던 뜨거운 덩어리가 여물었다. 그때처럼 몸이 달아오르더니 촉촉하고 부드러운 감각이 흑설탕 향기와 함께 퍼져 나갔다. 나는 그 속에 몸을 웅크리고 싶었다.

왜인지는 모르겠지만, 배 속에서 그런 뜨거움이 치솟도

록 놓아두는 것은 동생에 대한 배신처럼 느껴졌다. 또한 그와는 반대로, 나는 본능적으로 알 수 있었다. 내 안 깊숙이 텅 빈 곳에서 여물고 있는 것이, 하이에나에게 맞설 수 있는 한 마리 짐승을 태어나게 했다는 것을. 내 유일한 기쁨에 바쳐진, 피에 굶주린 강한 짐승이었다.

챔피언이 다가왔다. 나를 보는 그의 시선 역시 예전과 달랐다. 나는 그가 내 배 속의 열기를 감지했음을 느꼈다. 그렇지만 그의 시선은 싫지가 않았다. 갑자기 내 반바지가 너무 짧게 느껴졌다. 그 많은 사람들 한가운데서 발가벗고 있는 것만 같았다.

그가 나에게 미소 지었다. 술주정뱅이의 머리를 곰팡내 나는 소파로 때려 넣었던 그의 얼굴을 다시 만났다. 피 냄새에 흥분했던 사나운 괴물의 일그러진 얼굴은 지금 눈앞에 있는 이 점잖은 남자의 얼굴과는 너무나 달랐다…….
그때 그 일이 정말로 일어났던 건지 문득 의심될 정도였다.
"정말 잘 자랐구나, 네 개 말이야."
"네."
"그래도 여전히 강아지 같은 구석이 있네, 귀엽다."

"엄마, 예전에 도프카가 잡혀갔을 때 되찾는 걸 도와준 분이에요."

"어머, 그래! 정말 친절하시기도 하지……."

어머니는 내가 무슨 말을 하고 있는지 전혀 알지 못했다. 어머니의 시선은 저 멀리 허공의 어느 지점에 머물러 있었지만 나는 어머니가 사실은 아무것도 보고 있지 않다는 것을 알았다. 어머니의 뇌는 대기 모드였다. 아버지가 어머니에게 가한 그 모든 폭력이 어머니의 대뇌 능력을 손상시킨 것이 분명했다.

챔피언은 잠시 나를 바라보았다. 나는 여전히 발가벗고 있는 기분이었다. 이윽고 깃털이 그를 불렀다.

모두가 각자 갈 길로 향했다.

그날 나는 스무트볼렌을 먹고 싶은 생각이 들지 않았다.

어머니는 정원에 심을 대나물 몇 포기를 샀고 우리는 집으로 돌아갔다.

그 여름은 그렇게 끝났다. 고양이는 계속해서 사라졌다. 그리고 사라질 고양이가 더 이상 남지 않자, 이번에는 사라진 개들을 찾는 전단이 붙었다.

나는 도프카를 데리고 자는 습관이 들었다.

질은 낯선 사람이 되었다. 하지만 나는 분명히 어딘가
에, 그 아이의 내면에, 내 동생이 여전히 존재한다고 확신
했다. 가끔은 그 애의 얼굴에서 희미한 빛과 어렴풋한 미
소가, 눈에서 반짝이는 빛이 덧없이 떠올랐다 사라지곤 했
다. 그러면 나는 그 애가 완전히 사라지진 않았다는 사실
을 알 수 있었다. 나는 과거로 돌아가서 우리 삶의 흐름을
바꾸는 일에 매달렸다.
학교로 돌아가 공부를 계속할 수 있는 것이 행복했다.

학년 말, 과학 선생님이 부모님을 학교로 불렀다. 하지만 어머니 혼자 왔다.

선생님은 면담 때 내가 그 자리에 함께 있기를 바랐다.

나는 별로 내키지 않았는데 선생님에게선 사워크림 냄새가 났기 때문이다. 그 선생님은 종종 과학 개념과 철학 개념을 엮어서 가르쳤는데, 흥미롭긴 했지만 그 때문에 진도가 잘 나가지 않았다. 게다가 그 수업은 이미 너무 많이 뒤처져 있었다. 수학 수업도 마찬가지였다. 나는 수업 시간이 지루했다.

연애나 다른 사소한 문제에 정신이 팔려 산만한 다른 학생들에겐 수업 속도가 적당했을 것이다. 그 아이들은 하이에나의 웃음소리 같은 건 전혀 듣지 못했다. 만약 그 소리를 들었다면 자기네 관심사가 얼마나 쓸모없는지 깨달았을 텐데.

나는, 앞으로 나아가고 싶었다. 이제 열세 살인데 아직도 세포의 구성 따위를 배우고 있었다.

게다가 나는 그 선생님을 그다지 좋아하지 않았다. 사람이 너무 물렀다. 모든 것을 포기하는, 그런 사람이었다. 될 대로 되라는 태도의 첫 번째 신호는 냄새였지만 다른 모든 것들 역시 그 뒤를 바짝 따르고 있었다. 사실 학교에 있는 모두가 무기력했다. 선생님들도, 학생들도. 선생님들은 그저 평범하게 나이가 들었을 뿐이었고, 학생들도 곧 그렇게 될 것이었다. 여드름이 좀 나다가 성관계를 몇 번 하고, 공부를 하고 아이들을 낳고 일을 하다가 얍! 그들은 늙을 것이고 아무 쓸모도 없어질 것이다.

나는 마리 퀴리가 되고 싶었다. 낭비할 시간이 없었다.

하지만 그날 과학 선생님은 무언가 의미 있는 일을 하기로 결심한 것 같았다.

선생님은 과학실에서 나와 어머니를 맞았다.

푸르스름한 네온 불빛 아래 생양파 냄새가 떠돌았다. 선생님은 어머니에게 말을 꺼냈다.

"음, 교사 회의에서 논의된 사항인데요, 따님은 과학과 수학에 재능이 뛰어납니다."

선생님이 나를 바라보았다.

"한 번도 본 적이 없는 경우입니다. 어디서 그런 열정이 비롯되었는지는 모르겠지만요, 정말입니다. 열정 말이에요. 학기가 시작된 지난 9월 말부터 따님은 배우는 주제에 대해 이미 모두 알고 있었습니다. 그래서 드리는 말씀인데요, 다음 학년부터는 상급반에서 공부해도 될 것 같습니다."

어머니는 하이젠베르크의 불확정성 원리에 대한 설명을 듣는 암소 같은 눈을 하고 있었다.

"아, 그거 좋겠네요."

그러자 선생님은 나에게 직접 종이를 내밀면서 말했다.

"너희 집 근처에 내 친구가 산단다. 보통은 보충 수업이 필요한 학생들을 그리 보내지만, 너도 만나러 가면 좋을 것 같구나. 많은 얘기를 할 수 있을 거다. 전에 텔아비브 대학교에서 양자물리학을 가르쳤어. 꼭 만나 봐."

선생님이 쪽지를 쥐여 주고는 내 손을 잡으며 반복해서

말했다. "꼭 만나 봐." 나는 조금 놀랐다. 선생님이 정말로 무언가에 신경 쓰는 모습은 처음 보았던 것이다.

어머니는 선생님께 감사 인사를 했고 우리는 집으로 돌아왔다.

그날 저녁 나는 어머니를 도와 식사 준비를 했다. 아버지의 신경이 날카로울 때면 어머니는 붉은 고기를 준비했다. 피가 흐르는 살코기가 아버지의 분노를 진정시켜 주길 바라는 것처럼.

하지만 나는 피만으로는 아버지가 진정할 수 없다는 것을 알고 있었다. 아버지의 주먹이나 22구경 총알이 살아 있는 몸을 관통해야만 했다.

파편이 되었던 접시와 스테이크를 나는 기억했다. 어머니도 기억할 것이다. 눈 아래 흉터가 매일매일 그 순간을 떠올리게 할 테니까. 그날 이후로 어머니는 더 이상 고기를 익히지 않았다. 굽는 시늉은 했지만 속은 날것이었고, 여전히 차가웠다.

그날 저녁 어머니는 어린 양의 넓적다리를 요리했다.

모두 식탁에 앉자 아버지가 어머니에게 학교에서 왜 불렀는지 물었다.

"이 애가 수학을 제법 한다고, 한 학년 올려서 수업을 들으라고 하네요."

"제법 하는 정도가 아니라 최고로 잘하는 거예요. 그리고 수학이랑 과학이에요."

"잘난 척은." 질이었다.

나는 점점 잦아지는 질의 공격을 무시하려고 애썼다. 그 애의 그런 태도가, 변해 가는 내 몸 때문인 것만 같았다. 하지만 나는 그런 말을 내뱉는 건 내 동생이 아니라, 그 애의 머릿속에 있는 그 더러운 기생충이라는 사실 또한 알고 있었다. 그것은 나의 결의만 강하게 해 줄 뿐이었다.

아버지는 텅 빈 웃음을 지어 보였다. 그리고 공격에 앞서 낮은 목소리로 숨을 내뱉듯 말했다. "정말 잘된 일이군, 그래. 우리 집안에서도 인텔리가 하나 나왔어."

아버지의 턱이 이상하게 움찔거렸다. 때리고 싶어 몸이 근질거릴 때의 움직임이었다. 우리는 말없이 익지 않은 양

고기를 먹기 시작했다.

하지만 나는, 이제 내가 먹잇감이 되었다는 사실을 깨달
았다. 어머니처럼.

선생님이 준 쪽지에는 이름과 주소가 적혀 있었다. "요탐 영 교수, 발로 11번지." 우리 집과는 반대쪽 끝자락에 있는 집이었다.

다음 날 바로 가 보았다. 질과 단둘이 남겨 놓고 싶지 않아서 도프카도 데리고 갔다.

깃털과 챔피언의 집 앞을 지났다. 몇 달 전부터 깃털이 보이지 않았는데, 아기를 낳으러 간 것이 틀림없었다.

녹색 앵무새 떼가 구름이 흐르듯 하늘을 가로질렀다.

나는 11번지에 도착할 때까지 길을 올라갔다. 다른 집들과 마찬가지로 회색빛을 띤 검은색 집이었지만 정원이 가꾸어져 있었다. 창문 아래로는 제라늄 화분도 놓여 있었다.

나는 벨을 울렸다.

보통 키에 머리카락이 희고 검은 눈썹이 두텁게 난 남자가 불안한 눈빛으로 문을 열었다. 짤막하게 땋은 턱수염 끝에 작은 녹색 구슬이 달려 있었다.

"누구니?"

내가 온 이유를 설명했다. 그가 나를 들여보내 주었다. 홀은 어둠에 잠겨 있었다.

"야엘, 가면 써, 손님이 왔어."

누구에게 이야기하는지 보이진 않았지만 움직임이 느껴졌다. 오른쪽 작은 거실에서 라디오 소리가 들려왔다. 클래식이었다.

나는 교수님을 따라 식당으로 갔다. 어두운 빛깔의 커다란 떡갈나무 식탁과 잘 어울리는 찬장 위로 붉은 장미 다발이 놓여 있었다. 벽에 걸린 번들번들하고 거대한 화이트보드에는 검정 수성펜으로 그려 넣은 공식과 도표가 가득했다.

나는 교수님이 가리킨 의자에 앉았다. 그는 두터운 눈썹 아래로 나를 잠시 관찰했다. 나 역시 그를 관찰했다. 이 남자에게는 뭔가 묘한 점이 있었다. 확신과 소심함이 뒤섞여 있었다. 폭력의 흔적은 보이지 않았다.

그는 수염에 달린 구슬을 손가락 사이로 굴렸다.

"왜 물리학에 관심이 있지?"

"모르겠어요, 그냥 좋아요."

"그래, 그렇지."

나는 눈을 내리깔지 않았다.

"그런 건 내가 알 필요 없지, 그렇지 않니?"

그의 발음은 조금 우스웠다. 한 번도 들어 본 적 없는 억양이었지만 마음에 들었다.

"파동과 입자의 이중성에 대해서 말해 볼래?"

"어…… 고전 역학에서는 두 개로 분리된 개념이에요. 하지만 양자 물리학에선 하나의 현상에 있는 두 가지 양상으로 보고 있어요."

"예를 들면 어떤 현상 말이지?"

"그, 빛이요. 빛은 입자들이 모인 것, 그러니까 광자이자 파동의 성질도 띄고 있어요. 실험으로 밝혀졌죠."

"학교에서 배우는 부분이 아닌데, 어디서 읽었니?"

"스테판 델리조르주의 『양자물리학적 세계』에서요."

그가 다시 한 번 나를 잠깐 관찰했다. 미심쩍어하는 건지 아닌지 알 수 없었다. 두려울 정도로 느긋하게 내 생각을 헤집어 보는 영혼이 느껴졌다. 내 아버지가 그러는 것처럼.

"일주일에 한 번 나를 보러 와. 더 많이 배울 수 있도록 도와줄 테니. 전화번호를 주겠니? 부모님과 이야기하고 싶구나."

그가 볼펜과 메모장을 내밀었다.

"왜 우리 부모님과 이야기해야 해요?"

"부모님 동의가 필요하니까. 그리고 수업료에 관해서도 말해야 하고. 이 수업은 공짜가 아니란다."

"어머니가 허락은 하겠지만 돈을 주진 않을 거예요. 제가 직접 마련해 볼게요."

나는 메모지에 전화번호를 적었다.

"만약 낮에 전화할 수 있다면, 아버지보다는 어머니와 이야기해 주었으면 좋겠어요."

내가 과학을 좋아한다는 사실을 아버지에게 너무 드러내지 말아야 할 것 같았다. 전날 아버지가 보인 반응은, 이미 내가 위험한 지역에 발을 들여놓았다는 사실을 알려 주었으니까. 아버지는 뭐든 파괴하려는 사람이었기에 나는 매우 신중하게, 침묵으로 복종해야만 했다.

교수님은 나를 현관으로 안내했다.

작은 거실에서는 여전히 라디오 소리가 울렸다. 누군가 있는 것 같았지만, 움직임은 느껴지지 않았다. 슬쩍 곁눈질을 해 보았지만 아무도 보이지 않았다.

교수님이 인사를 하며 일주일 후에 다시 오라고 했다.

돈을 벌어야 했다. 교수님은 내가 파동과 입자의 이중성에 대해, 아하로노브–봄 효과에 대해, 아니면 슈테른–게를라흐 실험에 대해 이야기할 수 있는 유일한 사람이었다. 책에서 읽고 친숙하긴 했지만 여전히 제대로 이해하지는 못하는 개념들이었다.

베이비시터를 해 보기로 했다. 깃털과 함께 시작해 볼 수 있을지도 몰랐다. 그녀의 두 아이를 돌보면서. 그녀는 분명히 도움이 필요할 것이었다.

그녀의 집 벨을 눌렀다. 그녀는 나를 보고 무척 반가워했다. 챔피언이 집에 없다는 걸 안 순간 실망감이 치밀어 올라 목구멍을 찌르는 것 같았다. 깃털은 딸 유미를 소개해 줬다. 다케시는 많이 자라 있었다. 아기 돌보는 일에 대해 물어보자 그녀는 즉시 "좋아." 하고 대답했다. "아이들도 그렇고, 우리도 더 자주 볼 수 있겠네."

그녀는 다음 주 저녁에 와 달라고 했다. 영 교수님과의 약속 하루 전날이었다. 완벽했다.

나는 도프카와 함께 와도 되는지 물어보았다. "집에 혼자 남겨둘 수가 없어서요."

그녀는 조금 놀란 듯했지만 허락해 주었다.

아버지를 설득하는 일이 남아 있었다. 영 교수님과의 수업은 아버지가 놀이공원에 가 있는 낮 동안 할 수 있었지만 아기 돌보는 일은 숨길 수 없었다.

돈을 벌어야만 하는 변명을, 아버지 마음에 들 만한 이유를 찾았다. 나의 아주 작은 의지가 아버지의 적개심을 깨울 위험이 될 수도 있다는 사실을, 나는 막 깨닫기 시작했다. 아버지는 내가 어머니처럼 되기를 기다리고 있었다. 욕망을 잃은 텅 빈 봉투가 되기를.

아버지는 자기 딸이 누구인지 잘 몰랐다. 나는 열세 살이었고, 여전히 아버지의 자비로 살고 있는 존재였다. 아버지로부터 멀리 떨어져 살 나이가 될 때까지는 아버지를 속여야만 했다.

이틀 후 질과 어머니가 외출하자 나는 기회를 잡았다.

아버지는 무기를 손질하기 위해 테라스에 자리를 잡고 있었다. 사격장이나 사냥에 가지 않는 일요일 오후면 늘 하는 일이었다.

어머니가 청소하지 않는 유일한 것이 바로 무기이기도 했다. 동물 박제들조차도 먼지를 떨어야 했는데 말이다.

무기 청소를 테라스에서 하는 것이 다행이었다. 실내에서 했다면, 아버지가 사용하는 청소 제품의 엄청나게 강한 냄새가 며칠 동안이나 집 안에 풍겼을 것이다.

"아빠?"

"으음."

"저…… 올해 질의 생일에, 선물을 하나 해 주고 싶어요. 이제 열 살이 되니까, 중요한……."

아버지는 소총의 포신을 특수한 작은 솔로 문지르고 있었다.

"그래서?"

"그래서, 돈이 필요해요. 이제는 돈을 벌 수 있을 만큼 자라기도 했고요. 아기 돌보는 일을 할 수 있을 거예요……."

아버지는 총을 내려놓고 내가 코끼리 엄니를 훔쳤던 날

처럼 나를 바라보았다. 내가 거짓말을 하고 있다고 느낀 것 같았다.

나는 거짓말이 아니라고 스스로에게 중얼거리며 눈을 내리깔았다. 그 모든 것이, 질을 위해서였다.

나는 어머니의 태도를 흉내 내려고, 속이 들여다보이는 것처럼 투명해 보이려고 애썼다.

아버지는 "알겠다." 하고 말하고는 다시 소총을 잡고 계속 문지르기 시작했다.

나는 데모 곳곳에 아기를 돌본다는 광고 전단을 붙였다.

깃털과 약속한 저녁이었다. 그녀가 문을 열어 주었다. 챔피언은 집에 없었다. 알고 보니 두 사람은 레스토랑에서 만날 계획이었다.

거실은 도프카가 사라졌던 날 처음 보았을 때 이후로 거의 바뀌지 않았다. 잡동사니가 조금 늘었을 뿐이었다.

다케시가 소파에 앉아 「라이온 킹」을 보고 있었다. 도프카를 보고는 기뻐서 작게 비명을 지르며 맞이했다.

유미는 보행기에 앉아 종알거리고 있었다.

깃털은 주의 사항을 정리한 목록을 주면서 말했다. "다케시는 가끔씩 무릎이 아프다고 해. 성장통 때문에." 그러고는 만약의 경우를 위해서 나에게 마사지 오일이 든 병을 보여 주었다. 나 역시 그녀의 아이이기라도 한 것처럼 그녀는 우리 셋 모두에게 키스를 하고 챔피언을 만나러 갔다.

나는 다케시 옆에 앉아, 심바가 구름 속에 있는 자기 아빠의 유령과 이야기하는 것을 보았다. 그 장면을 보고 나는 디즈니 스튜디오가 시나리오를 쓸 때 『햄릿』에서 영감을 많이 받았다는 사실을 알게 되었다. 아들에게 "네가 누구인지 잊지 말거라."라고 말하는 아버지, 왕좌를 손에 넣기 위해 형을 죽이는 동생, 유배된 영웅, 만화 속 곳곳에 등장하는 두개골 이미지, 주술사 원숭이가 보여주는 광기. 방귀 뀌는 멧돼지 품바는 햄릿의 친구 호레이쇼가 분명했다.

만화가 끝날 무렵엔 자러 가고 싶은지 다케시가 조금 칭얼거렸지만 노래 두 곡과 이야기 두 개로 달랠 수 있었다. 유미는 젖병을 문 채 내 팔에 안겨 잠이 들었다. 나는 유미를 깨우지 않고 요람에 눕혔다.

조금 후 밤이 되자 다케시는 다리가 아프다고 했다. 나는 오일 마사지를 해 주었다. 나는 그 애의 커다란 검정 눈이 감기는 모습, 입에서 부드럽게 힘이 풀리는 모습, 그 작은 몸이 깊은 잠으로 떨어지는 모습을 보았다.

그 완벽한 모습을 몇 분 동안이나 바라보면서 이 꼬마 녀석은 자신이 믿을 수 없을 만큼 운이 좋다는 사실을 절대로 알지 못할 거라는 생각이 들었다. 여기서 태어난 것, 깃털과 챔피언의 아들인 것, 그만큼의 사랑을 받는 것이 얼마나 행운인지.

나는 거실로 돌아가 아무 TV 방송이나 보면서 남은 시간을 보냈다. 만약에 글렌피딕 한 병을 들고 있었다면, 나 역시 아버지에게 잘 어울리는 딸이었을 거라는 생각이 들었다.

내가 막 졸기 시작했을 때 깃털이 돌아왔다. 챔피언은 나를 데려다주려고 차에서 기다리고 있었다. 그녀는 나에게 돈을 주고 키스했다.

나는 챔피언의 차인 골프에 올라탔다.

"걸어서 갈 수 있어요. 바로 옆인데요."

그가 나에게 미소를 짓고는 대답했다. "전혀 몰랐네."

배 속의 뜨거운 덩어리가 목구멍까지 뛰어올라 호흡이 가빠졌다.

나는 자동차 안에, 그의 바로 곁에, 겨우 몇 센티미터 옆에 떨어져 앉아 있었다. 그의 손이 변속기를 바꾸면서 내 무릎을 스쳤다. 배 속의 덩어리가 이제는 다리 사이로 내려갔다. 거기에서 무언가가 맥동하기 시작했다. 만약 그때 챔피언이 나를 만졌다면 나는 기절했을지도 모른다. 아마도 기절했을 것이다.

술을 마신 그의 행동은 나를 무섭게 했다. 혐오에 가까운 두려움이 느껴졌다. 하지만 그 모든 것에도 불구하고, 그 뜨거움은……

그가 말했다. "별일 없니?"

"네."

그의 집과 우리 집은 200미터 거리였고 15초도 채 걸리지 않았다. 그 거리를 자동차로 오는 것은 완전히 말도 안 되는 일이었다.

그가 골프를 우리 집 정원의 기다란 울타리 옆에 세웠다.

그의 곁을 떠나고 싶지 않았다. 챔피언의 존재가 갑자기 나의 생존과 떼어 놓을 수 없는 요소처럼 보였다. 나를 항상 곁에 두라고 그에게 부탁하고 싶었다. 하지만 아무 말도 할 수 없고, 아무것도 요청할 수 없었다. 오직 그라는 존재의 열기 말고는. 내 옆에 있는 그의 몸. 내 다리 사이에서 요동치고 있는 어떤 것.

하지만 그가 입을 열었다. "정말 고맙다. 또 보자!"

"제가 감사하죠. 다음에 봐요!"

나는 집으로 들어갔다.

나는 그의 입술이 내 입술에 놓였다면 어떤 일이 일어났을지 상상하며 침대에 누웠다. 그리고 내 몸 위에 놓인 그의 손도. 내겐 그런 생각을 할 권리가 없다는 것을, 그런 건 나쁜 일이라는 것을 잘 알고 있었다. 하지만 챔피언을 꿈꾸는 동안 나의 영혼은 멀리, 하이에나로부터 아주 멀리 갔으며 그 순간만큼은 그 존재를 잊을 수 있었다.

다음 날 나는 영 교수님 집으로 갔다.

작은 거실에서 라디오 소리가 들려왔다.

도대체 누구인지 궁금했다.

교수님은 나를 식당으로 데려가 차를 내 주었다.

"좋아, 무엇을 알고 싶니?"

그 질문에 현기증이 났다. 어디에서부터 시작해야 할지 알 수 없었다. 양자물리학에서 묻고 싶은 것이 얼마나 많은지는 의심할 여지도 없었다. 우리의 수업은 그렇게, 혼란스러운 상태로 시작되었다. 내가 물으면 교수님은 화이트보드에 그림을 그려 가며 대답하기 시작했고, 나는 설명을 끝낼 시간을 주지 않고 다음 질문을 했다. 빵집에 풀어 둔 굶주린 어린아이 같았다.

배우고 싶다는 나의 욕구는 학교에서는 채워질 수 없었다. 내가 열고 싶었던 그 모든 문들은 교사들의 무지 탓에 잠겨 있었다.

바로 여기에, 인내심을 갖고 그 모든 문을 열어 주는 사람이 있었고, 그 사람은 내가 탐험할 영역의 광대함과 마주하도록 나를 놓아주었다. 나는 내 기쁨이 공유되고 있다는 것도 느낄 수 있었다.

물리학을 이야기할 때면 교수님은 거의 최면에 빠지듯 열정에 사로잡혔다. 무대 위에 선 예술가를 보는 것 같았다. 물리학뿐만 아니라 위대한 과학자들에 대해서도 열정적으로 알려 주었다.

교수님이 아이작 뉴턴의 삶에 관해 이야기하고 있을 때 어두운 홀에서 어떤 움직임이 느껴졌다. 우리를 향해 천천히 다가오는 형체가 보였다.

그 형체가 어둠 속에서 나오자 나는 공포에 질려 비명을 질렀다.

푸른색과 하얀색 체크무늬 잠옷을 입은 늙은 부인의 몸

이었다. 얼굴이 있어야 할 자리에는 가면이 있었다. 석고에 빨갛게 칠한 미소 띤 입술, 구멍 뚫린 눈, 깃털과 번쩍거리는 금속 조각. 늙은 몸뚱어리 위로 매끈하게 굳은 영원히 젊은 얼굴.

"야엘, 새 학생이 왔어."

그런 다음 교수님이 나에게 말했다.

"야엘이야, 내 아내."

그녀가 고개를 끄덕였다.

검게 뚫린 두 구멍 속으로 눈은 보이지 않았다. 그녀가 찬장에 놓인 상자를 열더니 비스킷을 몇 개 꺼내 나에게 하나를 내밀었다.

나는 "괜찮아요, 감사합니다." 하고 말했다.

그녀가 몸을 돌리고는 다시 거실로 돌아갔다. 그 한 걸음 한 걸음이 그녀에게 가늠할 수 없는 노력을 요구하는 것처럼 보였다.

나는 감히 교수님에게 물어볼 수가 없었다.

첫 번째 수업은 세 시간 만에 끝났고 나는 혼란스럽고 실망스러운 마음으로 교수님 집을 나섰다. 혼란스러운 것은 야엘을 만났기 때문이었고, 실망한 것은 우리의 다음 약속까지 기다려야만 했기 때문이었다.

내 인생 전체가 영 교수님과의 위대한 수업 그 자체로
이루어진 게 아니라는 사실이 실망스러웠다.

그해 여름에는 비가 그치지 않고 내렸다. 하늘이 애도 중인 것만 같았다. 주룩주룩 끊임없이 비 내리는 소리와 함께 기나긴 낮과 밤이 촉촉이 젖었고, 그 소리는 너무도 슬퍼서 마치 자연이 스스로 자신의 죽음과 마주하기 시작했다고 느껴질 정도였다. 심지어 하이에나도 웃지 않았다. 질의 심장조차도 이제 동물 학대를 그만둔 듯했다.

하지만 나는 영 교수님 덕분에 기억에 남는 최고의 여름을 보냈다. 다케시와 유미를 돌보는 저녁 역시 마찬가지였다. 두 번, 아니 세 번이 넘지 않았지만 나에겐 광대한 사막에서 만난 오아시스 같았다. 나는 친동생처럼 그 아이들을 사랑했다. 나는 깃털을 사랑했다. 그리고 챔피언을 사랑했다. 무엇보다도 그 모든 저녁은 첫날 저녁때와 똑같이 저물었다. 그와 나, 오직 우리 둘만 존재하는 그 짧은 순간으로. 변속기를 바꾸는 그의 손이 내 무릎을 스치면 내 몸은 불타오르는 듯 뜨거워졌다.

롤러코스터를 타는 것과 비슷했다. 기쁨과 두려움이 뒤섞인 무어라 표현할 수 없는 쾌락. 하지만 동시에 통제할 수 없는 무서운 힘이 느껴졌다.

비는 잠시 전쟁을 끝내기로 결정한 듯했다. 나는 맨발로 염소 우리에 가는 즐거움을 누릴 수 있었다.

나는 염소들의 작고 뾰족한 발굽이 물을 머금은 땅에 만들어 낸 웅덩이에 발목까지 담그고 놀았다. 웅덩이가 꽤 미끄러워서 그 놀이의 목표는 넘어지지 않는 것이 되었다. 맨 피부에 닿는 젖은 땅의 감촉이 정말 좋았다. 파프리카와 달리기 경주를 하면 매번 내가 미끄러지거나 넘어지는 것으로 끝났다. 나는 웃음을 터뜨렸다. 그러면 도프카는 짖어 댔고 숫염소는 껑충거렸다. 가끔씩 쿼멩이 흥분하면 녀석의 발길질을 피해 우리 밖으로 도망쳐야 했다.

나는 머리끝부터 발끝까지 진흙 범벅이 되어 집으로 들어가곤 했다.

어머니는 내가 열세 살이라는 것을, 이제 아가씨다운 태도를 익히기 시작해야 한다는 사실을 이해시키려고 노력했다. "남자들은 더러운 여자를 좋아하지 않아." 의심할 바 없는 사실이었다. 학교에서 여자아이들은 더 이상 싸우거나 술래잡기를 하며 놀지 않았다. 그런 건 남자아이들이 하는 놀이였다. 여자아이들은 항상 침착함을 유지하며 차분하게 있었다. 가끔 나는 그 애들을 관찰해 보았다. 그들은 손으로 입을 가리거나 귀 뒤로 머리카락을 넘기며 웃었다. 섬세하고 우아한 몸짓이었다. 깃털처럼.

하지만 나는 그 섬세함과 우아함이 내 유전자에 입력되어 있지 않다는 사실을 잘 알았다.

입소문이 퍼져 서서히 다른 집들도 아이들을 돌보아 달라며 나를 찾기 시작했다. 일이 점점 더 많아졌고 적지 않은 돈을 벌 수 있었으며, 무엇보다도 가족 식사로부터 도망칠 수 있는 기회를 얻기도 했다.

그 덕분에 영 교수님에게 수업료도 낼 수 있었다. 나는 말 그대로 게걸스럽게 과학을 집어삼키고 재빨리 소화시켰으며 금방 굶주려 했다.

나는 빠르게 발전했다. 영 교수님은 웃으면서, 이런 속도라면 스물다섯 살이 되기 전에 노벨 물리학상을 받을 거라고 말했다. 그 웃음 뒤에는, 나를 가르친다는 평범하고도 일상적인 일에 대한 진정한 열정이 숨어 있었다.

　나는 야엘과 그녀의 가면이 무섭게 느껴졌지만 감히 아무것도 물어볼 수 없었다. 그녀가 말을 못 한다는 사실은 알게 되었지만 왜인지는 몰랐다. 가면을 쓰고 있는 이유 역시 알 수 없었다.

오후가 끝날 무렵 영 교수님 댁에 들렀다 돌아가는 길이었다. 집에 가까워질수록 이상한 불편함이 느껴졌다. 고요함 때문이었을까? 앵무새들이 울지 않았다. 심지어 바람조차 조용했다. 도프카는 내 옆에서 어떻게 하고 있었나? 평소에는 꼬리를 내리고 나보다 앞서 멀리 뛰어가곤 했는데? 알 수가 없었다. 하지만 하이에나가 어느 구석에서 떠돌고 있다는 것, 그것만은 확신할 수 있었다.

사실 그날 나는 기분이 꽤 괜찮았다. 아니, 아주 좋았다. 챔피언의 집 앞을 지나면서 그와 마주쳤기 때문이었다. 그는 차에서 내리고 있었다. 나를 보고는 미소 지으며 인사를 건넸다. 그러고는 나에게 다가와 내 허리에 손을 얹고 볼에 키스했다. 그의 손이 닿자 나는 활활 타오르는 횃불이나 전기 콘센트에 손가락을 넣은 만화 속 캐릭터가 된 기분이 들었다. 정확히 챔피언의 손이 닿은 그 부위의 피부가 변해 버린 듯했다. 더욱 부드럽고, 더욱 민감하게.

집에 다다랐을 때 나는 딱 그런 상태였다. 만약 하이에나가 방해하지 않았다면 그 상태는 몇 시간이고 지속되었을 것이다.

나는 집으로 들어갔다. 어머니는 거실에서 다림질을 하고 있었다. 위층으로 올라갔다. 질은 시체들의 방에서 닌텐도 게임보이를 가지고 놀고 있었다. 모든 것이 평소와 다름없어 보였다.

나는 내 방 창턱에 앉아서 챔피언의 몸을, 그의 시선을, 내 허리에 놓였던 그의 손을 다시 떠올리고 싶었다. 내 배 속에 살고 있는 그 부드럽고 따뜻한 생명체를 이제 막 알아 가는 참이었다.

몇 시간이고 그렇게 보낼 수도 있었을 것이다. 내 몸과 내 감각이 온전히 연결된 채 충만하게, 마치 존재하지 않는 듯한 상태로.

바로 그때 어머니가 정원에서, 내 방 창문 아래에서 울부짖는 소리가 들렸다. 떡갈나무 가지 때문에 보이지는 않았지만 어머니가 염소 우리에 있다는 건 알 수 있었다.

나는 아버지가 분노를 제어하지 못하거나 글렌피딕을 너무 많이 마셨을 때 어머니가 지르는 비명은 잘 알고 있었다. 하지만 이번은 달랐다. 아메바가 내지르는 외마디 비명이었다. 그 여름날 마지막 평온의 살갗을 벗겨 버리는 듯한, 그 무엇과도 비교할 수 없는 비명이었다.

나는 아래로 내려가 정원을 향해 달렸다.

내가 도착했을 때, 진흙 구덩이에 무릎을 꿇고 잘 보이지 않는 어떤 것 위로 몸을 숙이고 있는 어머니의 등이 보였다.

퀴멩이었다. 아직 신선한 자기 피 속에 쓰러져 있었다. 어머니는 그 짐승의 입에 입술을 맞대고 살리려고 헛되이 노력하고 있었다. 눈이 있어야 할 자리에는 피가 흐르는 두 개의 구멍이 입을 벌리고 있었다. 두 귀는 잘려 나가 원래 있어야 할 자리에서 몇 미터 떨어져 있었다. 목은 너무도 깊이 잘려 척추가 아니었다면 머리가 몸에 붙어 있지도 못할 정도였다. 몸 여기저기 칼에 너무 많이 찔려 피가 묻지 않은 털이 조금도 남아 있지 않아 보였다.

어머니는 끈질기게 인공호흡을 했다. 나는 그 모습을 잠시 바라보며 어머니가 질과 나를 위해서도 그만 한 힘으로 싸울 수 있을지 생각해 보았다.

나는 어머니의 어깨를 잡았다. "끝났어요, 봐요." 어머니가 기나긴 울부짖음을 토해 냈다.

그런 다음 흐느끼기 시작했다.

어머니는 몸을 돌려 나를 안고 한동안 울었다. 어머니의 그런 모습에서 위안이 느껴졌다. 위안뿐만이 아니었다. 사랑 또한 느껴졌다. 심지어 나는 어머니가 이렇게 말하고 있다고 믿었다. "너에게도 이런 일이 생기면 어떡하지, 아가?"

아마도 내가 틀렸을 것이다. 우리는 서로를 팔에 안고 울면서 잠시 거기 그대로 있었다. 하이에나의 웃음소리가 또다시 들려왔기 때문에 무서워서 눈물이 났다. 하지만 또한 내 어머니와 만난 듯한 느낌에 눈물이 났다. 그 순간 나는 어머니를 사랑하고 있었다.

그리고 나는, 내 동생을 잃었기 때문에 울었다. 퀴멩을 잔인하게 죽이라고 했을 때, 기생충은 아마도 격렬한 마지막 저항에 부딪혔을 것이다. 타협을 몰랐던, 끈질겼던 그 부족은 거기서 살아남을 수 있었을까.

피로가 파도처럼 나를 덮쳤다. 내가 하려는 그 모든 일들이 정말로 그럴 만한 가치가 있는 것일까. 내가 너무 어린 것은 아닌가. 지금 바로 여기에서, 나를 집어삼키려고 결심한 듯한 이 끔찍한 혼돈에 맞서기엔 내가 너무 약한 것은 아닐까. 나는 잠이 들어서 다시는 깨어나고 싶지 않았다.

게다가 나는 추웠다. 추운 만큼이나 바보처럼 느껴졌다. 나는 추웠고, 집 안으로 들어가고 싶었다. 나는 어머니를 붙들어 함께 집으로 들어갔다. 어머니는 순순히 나를 따라왔다. 어머니 역시 지쳤을 터였다. 분명 나보다 더. 어머니가 어떻게 견디고 있는 것인지 알 수 없었다.

나는 계속해서 흐느끼는 어머니를 소파에 앉혔다. 어머니가 혼자 있다고 느끼지 않도록 TV를 켜 준 후, 아버지의 전리품에 파묻혀 있는 질을 보러 갔다.

질은 거기, 바닥에 앉아 있었다. 하이에나 옆에.

그곳에서 질은 어머니가 울부짖는 소리도 듣지 못하고

있었다.

"왜 그랬어?"

질은 여전히 게임기에 코를 박고 있었다.

"왜, 내가 뭘 했는데?"

"알잖아."

질은 아무 대답도 하지 않았다.

"엄마 비명 소리 못 들었어?"

"워크맨을 듣느라고."

질은 게임보이를 들여다보며 쭈그리고 앉아 있었다.

나는 그 애의 엉덩이를 발로 힘껏 걷어찼다. 아주 세게. 제법 큰 소리가 날 정도로.

질이 웃었다.

질은 자랐다. 마른 몸은 커다란 새처럼 보였다. 고기를 먹으려 짐승이 죽기를 기다리는 한 마리 독수리. 머리카락은 헝클어져 있었다. 그 애는 머리카락이 멋대로 자라도록 내버려 두었다. 그래서인지 1970년대 느낌을 풍겼는데 완전히 꺼벙해 보였다. 그 모든 것에도 불구하고, 그 애는 예전과 다름없이 잘생겼다. 현실 같지 않은 신비로운 녹색 눈이 특히. 마치 스티븐 킹 소설 속 주인공 같았다. 만약 아이스크림 할아버지의 사고가 없었더라면 지금은 어떤 소년이 되어 있었을지 궁금했다.

나는 우리를 둘러싼 박제 동물들을 바라보았다. 우리가 그들 가족이 된 것만 같았다. 여러 종들 중에서도 작디작은, 인간이라는 종의 표본. 질은 게임에 빨려 들어가 이제 내가 곁에 있다는 사실도 잊어버린 것 같았다.

나는 어머니를 보러 다시 내려갔다. 어머니는 여전히 소파에 있었다. 흐느낌은 멈추었다. 어머니는 가슴에 두 팔을 모으고 신음 소리를 내면서 몸을 앞뒤로 흔들고 있었다. 굉장히 지쳐 보였다. TV에서는 자기네 제품이 얼마나 좋은지 떠들어 대는 소고기 패티 광고가 나오고 있었다. 나는 TV를 껐다.

바로 그때 하루 일을 마친 아버지가 집으로 돌아왔다.

나는 무슨 일이 있었는지 아버지에게 설명했다.

"흥, 분명히 개가 그런 거야. 이웃집 바보 녀석들은 자기네 개를 어떻게 가르쳐야 하는지도 모른단 말이야."

"아니에요, 개가 아니에요. 개는 귀를 자르지 않아요, 고문하지도 않고요. 그리고 다른 것보다도 목을 그렇게 깊게 베어 버릴 수 없어요."

아버지에게 반박한 것은 처음이었다. 나는 아버지의 얼굴을 보고, 내가 막 엄청난 실수를 저질렀다는 사실을 깨달았다.

멍해 있던 어머니가 입을 열었다.

"네 아버지 말이 옳아. 평소에 항상 동물 시체들을 보니 말이다."

"하지만 퀴멩은 아직 안 봤잖아요!"

"다시 말하는데, 개가 그런 거다."

그것으로 끝이었다.

아버지는 프티팡뒤 숲에 퀴멩의 잔해를 묻었다.

그치지 않고 비가 내렸고, 가을이 왔다.

나는 질에게 줄 생일 선물을 사기 위해 돈이 필요하다고 아버지에게 거짓말을 했었다. 그러니 질에게 줄 선물을 하나 마련해야 했다.

아무런 생각도 떠오르지 않았다. 그 애를 기쁘게 할 만한 모든 것은 그 애 머릿속 독충들의 자양분이 될 수 있었다. 퀴멩이 잔인하게 살해된 다음 날부터 나는 질을 지켜보았다. 그 애는 어머니가 흘리는 슬픔의 눈물 한 방울 한 방울을 핥았다. 어머니는 새끼를 잃은 어미 고양이처럼 어쩔 줄 몰라 하며 집 안을 맴돌았다. 때때로 고통을 견딜 수 없어지면 신음을 내뱉었다. 그러면 그 소리는 압력솥에서

증기가 분출되는 것처럼 어머니로부터 터져 나와 사라졌다. 어머니는 할 수 있는 한 견디려 했지만 압력이 너무나 강했다. 그리고 결국은 아버지의 신경을 거스르고 말았다. "이제 충분하잖아, 지나치게 감상적인 거 아냐?" 아버지의 턱이 어머니를 꼼짝 못하게 하는 그 특유의 움직임을 보였다. 공포가 슬픔을 짓눌렀다.

하지만 내 동생은 어머니의 고통을 맛보았다. 어머니를 보면서 정신을 빼앗겼다. 부드럽게 풀린 입술로 목을 꼿꼿이 세운 채, 그 애는 한 마리 거머리처럼 어머니에게서 솟아오르는 눈물을 모조리 빨아들였다.

결국 나는 질에게 새롭게 출시된 게임 동키콩을 선물해주었다. 적어도 그것을 가지고 놀 동안은, 아무도 다치게 하지 않을 터였다.

새 학기에 나는 한 학년을 뛰어넘었다. 같은 반 학생들은 나보다 한 살 많았지만, 잔인하고 시시한 백치 군대처럼 보일 뿐이었다. 그들은 감히 행동하지는 못하고 뒤에서 코만 훌쩍거렸다. 여자아이들은 가벼워 보이는 것을 두려워했고, 남자아이들은 집착하는 것처럼 보일까 봐 두려

위했다. 그들은 그저 한창 변화하고 있는 호르몬 시스템의 불협화음 탓에 혼란에 빠진 생물일 뿐이었다. 그리고 그 사실에 어떤 부끄러움도 느끼지 않았다.

내가 다니는 학교는 나무 몇 그루가 늘어서 있는 거대한 검정 콘크리트 덩어리였다. 어떤 점에서는 데모 마을과 조금 닮아 보였다. 잘 가꾼 식물로 둘러싸인 벙커 같은 매력이 있었다. 우리에게는 여전히 허락되어 있지만 오래전 어느 전투에서 패배한 자연 속의 벙커.

교실에는 창문이 몇 개 나 있었는데 성벽의 총안처럼 좁고 작았다. 너무 좁아서 어떤 몸도 통과할 수 없을 정도였다. 학교 교육 시스템의 아름다운 은유였다. 자유에 대한 환상조차 품지 못하게 하는 쇠고랑. 나는 그 아이러니를 알 수 있었다. 적어도 일관성이라는 장점은 있었다.

쇠고랑 이미지는 현실과 동떨어져 있지 않았다. 밭에 늘어선 파처럼 각자 자기 자리에 일렬로 앉아서, 피곤에 전 교사들의 말을 날마다 억지로 들어야 하는 아이들. 그 모습에서는 고해 성사와 같은 분위기가 풍겼다. 어쨌든 우리는 새 학년이 시작될 때마다 교장 선생님의 훈사를 들으며 '배움의 기쁨'이나 '앎의 즐거움'으로부터 멀어지곤 했다.

나는 꼼짝 않고 있기가 무척 힘들었다. 의자에 엉덩이를 붙이고 앉아 있는 한 시간이 고문처럼 느껴졌다. 나는 몸을 움직여야만 했다. 영 교수님 집에선 가만히 앉아 있는 법이 없었다. 나는 경기를 앞둔 육상 선수처럼 식당을 왔다 갔다 했다. 마치 적당한 장소를 찾아 훈련받은 것을 시험해 보려는 듯이. 내 몸은 배우는 과정 전체에 뛰어들었고 나는 자랄수록 점점 더 몸의 존재와 그 복잡성을 알게 되었다.

그 때문에 나는 교실에 있는 것이 고통스러웠다. 몸은 존재할 권리를 빼앗겼고, 굶주린 정신에겐 마른 빵과 물만 주어졌다.

그렇게 내 정신은 숲속을 산책하기 위해 총안을 통해 빠져 나갔다.

나는 챔피언의 꿈을 꾸었다. 벼룩시장이 열렸던 날, 그의 시선에 사람들 한가운데서 발가벗은 듯 느껴졌던 바로 그날처럼, 그가 내 손을 잡고 나를 바라보고 있었다. 그의 몸을 만져도 된다는 것을 알 수 있었다. 내 손가락이 그의 팔을 쓰다듬기 시작했다. 문신이 시작되는 곳에서부터. 나는 한 번도 그 문신을 제대로 본 적이 없었다. 하지만 나는 그것이 옛 부족들의 방식으로 새겨 넣은, 나를 상징하는 문신일 거라고 상상했다. 어쩌면 내 이름을 뜻하는 것일지도 몰랐다. 마치 그가 우리의 만남을 예지하고, 나를 알기도 전부터 그의 피부에 나를 새겨 놓은 채 일생에 걸쳐 나를 기다린 것처럼.

나는 다른 아이들의 몸처럼 내 몸 역시 거대한 폭탄 같은 호르몬의 영향을 받고 있다는 것을 잘 알았다. 그리고 그 거대한 폭탄은 나를 재생산하려는 욕망을 심어 주었다. 그것이 종을 유지하는 방법이었기 때문이다. 그리고 나는 그 법칙에서 도망치지 않았다. 챔피언에 대한 생각은 성적인 행동을 대신했고, 엔도르핀에게 자유를 주었다. 그러면 내 몸은 어느 정도 진정이 되었다. 적어도 다음 수업 때까지는.

여름이 시작될 무렵, 아버지가 이상한 선언을 했다. 질과 나와 함께 한밤중의 게임을 하겠다는 것이었다.

　　아이들이 밤에도 아무렇지 않게 숲을 다닐 수 있도록 단련하기 위해, 아버지가 사냥 클럽 친구들과 함께 계획해 놓은 어떤 놀이 같은 것이었다.

　　"언제라도 시작될 수 있지만 미리 알려 주진 않을 테니, 준비해 놓고 있어."

　　아버지는 우리 각자에게 물통, 방수 판초, 쌍안경, 시리얼 바 조금, 그리고 주머니칼이 들어 있는 작은 배낭을 주었다.

그 배낭은 청바지와 스웨터 한 벌, 그리고 운동화 한 켤레와 더불어 한밤중에 언제라도 재빨리 들고 나갈 수 있도록 침대 옆에 놓아두어야 했다.

아버지가 어째서 나를 그들의 세계에 끼워 줬는지 알 수 없었다. 하지만 단 한 번이라도 그들의 모임에 참가할 수 있는 것이 행복했다. 어둠 속, 숲 한가운데서 아버지와 동생과 함께해야 한다는 생각이 나를 두렵게 했는데도 말이다. 그리 멀지 않은 곳에서 하이에나가 나의 흔적을 쫓아올 거라는 사실 역시 잘 알고 있었다.

그해 여름, 나는 집 안의 아주 작은 움직임까지 살폈고, 배 속 깊이 공포를 느끼며 잠들곤 했다. 도프카는 떠돌고 있는 위험에 대해선 조그마한 의심조차 없이 내 발치에서 평화롭게 잤다. 도프카의 태평함이 부러웠다. 무언가 침대로 와서 나를 낚아채지는 않을 거라는 확신이 들기 전까지, 나는 밤늦도록 잠들지 못했다.

그해 질은 낙제를 했다. 그 애는 학교에 조금도 관심이 없었다. 무엇이든 간에 죽음을 제외하고는 그 어느 것에도 전혀 관심을 보이지 않았다. 현실에서는 거의 아무것도 느끼지 못했던 것 같다. 감정을 만들어 내는 그 애의 기계가 망가진 게 분명했다. 감정을 느끼는 단 하나의 방법은, 죽이거나 고문하는 것뿐이었다. 우리가 무언가의 생명을 빼앗을 때 일어나는 일에 대해 상상해 본다. 우주의 위대한 균형 속에 자리 잡고 있던 하나의 원소가 이탈된다. 그러면 매우 강력한 감각이 발생되고 느껴지는 것이다.

질은 권태로웠다. 나는 내가 언젠가는 과거를 바꾸는 데

성공할 것이라는 사실을 잘 알고 있었다. 하지만 시간이 걸릴 터였고, 그전까지 내 동생의 삶이란 동물들의 시체가 널려 있는, 단조롭게 뻗은 고속도로나 다름없었다.

내 삶은 아주 달랐다. 내게는 목표가 있었다. 심지어는 강렬한 기쁨의 순간도 있었다. 영 교수님과의 시간은 하이에나가 존재하지 않는, 나에게만 펼쳐지는 완전히 새로운 지구 위의 산책이었다. 교수님을 만나러 가지 않을 때에는, 집에서 혼자 공부하며 끊임없이 그 세계를 방문했다. 가장 복잡한 방정식을 분석하고 현대 과학자들의 연구 논문을 읽으면서 긴장을 놓지 않고 공부했다. 가끔은 심지어 영 교수님도 미처 몰랐던 연구 결과로 그를 깜짝 놀라게 하기도 했다.

나는 시간 법칙을 연구하는 팀에 들어가고 싶었다. 시간 여행을 꿈꾸는 사람은 나 혼자가 아니었다. 나는 그 '다른 사람들'을, 나와 똑같은 꿈을 꿀 만큼 충분히 미친 사람들을 너무도 만나고 싶었다. 나는 자주 마리 퀴리를 생각했다. 그녀가 항상 나와 함께 있었다. 그녀는 언제나 거기, 내 머릿속에 있었고 우리는 이야기를 나누었다. 나를 바라보는 그녀의 영원한, 어머니와 같은 따스한 시선을 그려 보왔다. 내 앞에 죽음의 왕국이 펼쳐진 이후, 그녀가 나를 위해 대모와 같은 존재가 되기로 결심한 것이라고 확신했다. 마리 퀴리는 내가 그 모든 일을 시작한 동기를 지지했다.

영 교수님은 시간여행이라는 아이디어를 좋아하지 않았다.

그러나 시간여행이 가능하다고 주장하는 과학자이기도 했다. 과학계가 나뉘는 지점이었다. 이를테면 스티븐 호킹은 시간여행이 성립되기 위해서는 우리 중 이미 미래에서 온 여행자가 있어야 한다고 말했다. 그러한 방문자가 존재하지 않는다는 사실이 시간 탐험의 불가능성을 보여 준다는 주장이었다. 하지만 그런 건 정당하지 않았다. 시간여행이 가능하다 하더라도 1990년대 관광객처럼 보이기 위해 일부러 하와이안 셔츠를 입고 해변용 샌들을 신을 것 같지는 않기 때문이다. 게다가 다른 행성에서 온, 그 누구보다 순진한 방문객이 그런 게 아니고서야 도저히 설명될 수 없는 현상들이 이미 너무도 많은데, 미래에서 온 여행자의 존재 또한 가능하지 않겠는가 말이다.

영 교수님은 어쨌든 그러한 가설은, 이론적으로는 상상

c

여름의 겨울 179

해 볼 수 있지만 실제로 탐험하지는 않는 편이 나은 과학 영역의 일부라고 주장했다.

"시간여행이란 건 불멸과 같지. 충분히 이해할 수 있는 환상이야. 하지만 받아들일 수 없다는 사실을 받아들이는 법도 배워야 한단다. 인간은 이해를 원해. 인간의 좋은 본성이자 아이의 본성이기도 하지. 관찰하고, 이해하고, 설명하고, 이런 게 바로 네가 할 과학이야. 하지만 개입하지는 마. 우주에는 우주만의 법칙이 있으니까. 우주는 스스로를 생산하는, 하나의 시스템으로 작동하지. 건축가이자 일꾼이자 생산물 그 자체란 말이야. 너는 절대로 그 법칙을 앞설 수 없어. 내가 이미 시도해 본 적이 있으니, 너무도 잘 안단다."

만약 교수님이 아이스크림 할아버지의 사고 이전에 질이 어떤 아이였는지 알았다면, 절대로 그런 말은 하지 못했을 것이다. 받아들일 수 없는 것들이 있는 법이다. 죽어버리는 게 나을 정도로. 그렇지만 나는 죽고 싶지 않았다.

얼굴이 날아가 버린 사람의 모습이 뇌리에 박히기 전의 삶은 훨씬 아름다웠다.

영 교수님은 뛰어난 물리학자였으며 그의 일반 상대성

연구는 과학계에서 유명했다. 하지만 그 자신도 절대로 증명하지 못한, 육체 분산에 대한 한 이론 때문에 신뢰를 잃었다. 만약 육체가 분해된 후 재결합될 수 있다면, 시간여행이나 공간 이동이 가능하다는 이론이었다. 교수님에겐 확신이 있었다. 그는 어떤 특수한 상황, 예를 들면 특히 오르가슴의 순간 우리 몸에 그런 일이 일어날 수 있다고 주장했다.

인체의 각 원자가 우주 여기저기로 분산되어, 극히 짧은 시간의 단위 동안 몸이 완전히 해체된다. 그런 다음 모든 것이 제자리에 놓인다. 이 현상은 아토초로 측정되는 시간의 단위 동안, 즉 10해 분의 1초 동안 일어난다. 측정할 수 없다.

교수님은 또한 오르가슴이 강할수록 그 시간이 길어진다는 가설도 세웠다.

그 이론의 타당성을 증명하려면 해체 현상을 관찰할 수 있도록, 분광기 속에서 원자의 힘이 만들어 내는 오르가슴을 획득해야만 했다.

말할 필요도 없이 그 이론은 동료들에게 웃음거리가 되었다. 교수님은 과학 잡지에 그 주제에 대한 논문을 몇 개 발표했다. 그리고 관련된 모든 협회로부터 재정 지원 요구를 거절당했다. 노골적인 비웃음도 함께 돌아왔다. 그 후 교수님은 대학 교수직을 거부하고 변방에서 은둔하며 지내 왔다. 하지만 나는 교수님이 한편으로는 언젠가 과학계에 복수할 날을 기다리고 있다고 느꼈다.

어쩌면 나를 통해 이미 그 복수를 시작했던 것인지도 모른다.

그해 여름 나는 챔피언을 몇 번 만났다. 때로는 영 교수님 집에 가는 길이나 도프카를 산책시키러 나서면서 마주치기도 했다.

그리고 그날 저녁이 왔다.

그는 아이들을 보러 와 달라고 했다. 보통은 깃털이 부탁했지만, 그때 깃털은 남부에 있는 어머니 집에 며칠째가 있었고 그는 혼자였다. 그는 내 도움이 필요했다.

그날 저녁은 언제나처럼 아무 문제 없이 흘러갔다. 아이들은 이제 세 살, 한 살이었다. 이번엔 어린 유미에게 성장통이 왔다. 하지만 다케시 역시 나에게 마사지를 부탁했기 때문에 나는 아이들의 방을 커다란 스파처럼 꾸며 주고는 연기를 해 보였다. "다케시 씨." "유미 양." "이 병에 있는 차를 조금 마셔요." "오일 온도는 괜찮은가요?" "아, 죄송

해요! 간지러웠나 봐요, 절대로 일부러 그런 게 아니에요!"

조그마한 우윳빛 허벅지를 엄지와 검지로 가볍게 눌러 주기만 해도 아이들은 웃음을 터뜨렸다. 결국 애들을 너무 늦게 재우게 되어도, 내겐 그들의 온기가 필요했다.

마침내 아이들이 잠들었지만 TV를 켜고 싶지는 않았다. 얼마 전부터 나는 TV 소리를 더 이상 견디지 못했다. 그 소리는 아버지를 생각나게 했기 때문이다. 위스키 냄새도 마찬가지였다.

그래서 집을 살짝 둘러보기 시작했다. 집 안의 소소한 부분들, 책 한 권 한 권마다, 여러 물건들마다, 사진들마다 관찰하며 그들의 삶과 취향과 습관을 추측해 보는 것은 즐거웠다. 모탈 컴뱃 2와 세가 메가 드라이브를 보니 미소가 나왔다. 그런 게임기를 가지고 놀기에 아이들은 너무 어렸다. 본체에 컨트롤러가 연결된 채 먼지를 얇게 뒤집어쓰고 선반 두 번째 칸에 놓여 있었다. 챔피언과 깃털은 오랫동안 게임을 하지 않은 것 같았다.

서재에는 레이저, 올린스키, 고트립, 상드, 모파상, 졸라, 크리스티, 오스틴, 뒤마, 자르댕, 벨마르 등 여러 작가의 책들이 뒤섞여 있었다. 그리고 그 뒤로 어떤 책 한 권이 숨겨져 있었다. 『결혼한 커플의 성생활 : 어떻게 불꽃을 유지할 수 있을까』. 그러면 안 된다는 걸 알면서도 표지에서 눈을 뗄 수가 없었다. "당신의 파트너를 놀라게 해 주세요." "부부 침대 외의 장소에서 사랑을 나누세요." "습관을 버리세요." "주말에 떠나세요." "도구를 사용하세요." 같은 조언이 쓰여 있었다. 연필로 덧붙인 메모도 있었는데, 깃털의 필체 같았다. 어떻게 보면 대부분 여성을 위한 조언처럼 보였다. "섹시한 속옷을 입으세요." "전체 제모를 해 보세요."

나는 책에 너무 빠져들어서 챔피언의 자동차 소리도 듣지 못했다.

도표와 삽화가 포함된 페이지도 있었다. 부록 마지막에는 게임이 있었다. 매 페이지마다 자세가 다른 커플의 그림이 그려져 있는데, 무작위로 책을 편 후 그려진 대로 따라해야 하는 게임이었다. 깃털은 몇몇 페이지에 가위표를 해 놓았다.

좋았던 쪽인지 아니면 덜 좋았던 쪽인지 궁금했다.

바로 그때, 챔피언의 기척이 느껴졌다. 나는 놀라서 작게 소리를 질렀다. 그가 거기, 소파 옆에 있었다. 근육이 팽팽한 몸, 청바지 위로 드러난 굴곡, 하얀 티셔츠. 손에는 열쇠를 쥐고 있었고 얼굴은 빨갛게 달아올라 있었다. 당혹스러웠기 때문인지 화가 났기 때문인지 알 수 없었다.

그가 짧게 말했다. "제자리에 놔둬 주겠니."

챔피언이 정말로 화가 났던 것은 아니라고 생각한다. 하지만 방 안 공기가 어떤 특별한 농도를 띠었다. 우리의 몸짓 하나하나에 공기가 움직이는 것이 느껴질 정도로 조밀했다.

나는 책을 제자리에 놓으면서 말했다. "죄송해요, 저는……"

그리고 문 쪽을 향해, 그를 향해 다가갔다.

"집에 혼자 갈 수 있어요. 데려다주지 않아도 괜찮아요."

그는 불시에 한 대 맞은 사람 같았다. 그리고 대답하기 전에 잠깐 망설였다.

"그래. 애들은 어땠어?"

"아주 착했어요."

그의 앞을 지나가려 하자 그가 내 손목을 잡았다.

"기다려."

술 냄새가 났다. 하지만 아버지에게서 풍기는 위스키 냄새가 아니라 좀 더 가벼운 것이었다. 아마도 맥주이리라.

"그녀한텐 책에 대해 아무 말도 하지 않을게. 우리 둘만 알고 있는 거야."

내 손목은 여전히 그의 손에 쥐여 있었다.

"네, 고맙습니다."

공기가 너무 무거워 폐 속으로 간신히 들어왔다. 내 몸이 그와 그토록 가까웠던 적은 한 번도 없었다. 나는 거기, 내 다리 사이에서 꿈틀거리던 것이, 그의 것을 부르는 나의 성기라는 사실을 바로 그 순간 알게 되었다.

내가 인생의 실패한 지점에 있다는 사실을 떠올렸다. 언젠가는 그 시간으로 돌아갈 터였다. 그러니 모든 것을 시도해 볼 수 있었다. 위험은 없었다. 나는 그 여름날, 그 저녁으로 되돌아갈 것이고, 그러면 아무 일도 없었던 것이 된다.

내 얼굴이 그의 얼굴 가까이 다가갔다. 그의 숨결이 느껴졌다. 역시 맥주였다.

내 입술이 그의 볼에 놓였다. 만약 내 입술이 즉시 떨어졌다면, 가까이 간 것만큼이나 빠르게 멀어졌다면, 그저 순수한 인사가 되었을 것이다. 하지만 우리는 연인처럼 너무나 가까웠고, 우리의 입이 벌어졌다. 자석이 이끌리듯 서로 떨어질 수 없었다.

몇 년 전 술에 전 남자에게 "더러운 노친네 같으니!" 하고 부르짖었던 그의 입술에 나는 키스했다.

그때, 그 입술이 속삭였다. "뭘 하는 거지?" 그 질문에 대답하듯 나는 더 격렬하게 키스했다. 입술이 열리고 챔피언의 혀가 아주 부드럽게 내 입술을 쓰다듬었다.

그의 팔이 내 몸을 감싸 안으며 바짝 끌어당겼다. 내가 마치 성냥처럼 연약해진 것만 같았다. 그의 입술이 내 목덜미를 따라 미끄러졌다. 부드럽게 올라와 내 어깨를 어루만지던 손이 가슴을 향해 다시 내려갔다. 거기서, 그의 숨결이 바뀌었다. 거칠어진 숨을 내쉬며 그는 더욱 세게 나를 끌어안았다. 그러더니 내 어깨를 잡고는 거칠게 나를 떼어 냈다.

"안 돼. 집으로 돌아가."

그는 나를 쳐다보지도 못했다. 하지만 더 이상 아무 말도 하지 않았기 때문에 나는 안도했다. 그를 떠나고 싶지 않았다. 나는 눈을 들어 그의 턱을 바라보았다.

나는 아무것도 결정하지 않았다. 내 입술이 그의 입술을 향해 다가갔다. 우리를 떼어 놓을 만큼 강한 힘이 있을 것 같지 않았다. 그 순간 일어나고 있는 일이 왜 있어서는 안 되는 일인지도 생각나지 않았다. 나는 그를 사랑했다. 그리고 그 역시 어떤 방식으로든 나를 사랑하는 것이 분명했

다. 확신할 수 있었다. 조금도 의심하지 않았다. 그의 혀는
여전히 내 입을 애무하고 있었다. 그가 숨을 뱉어 내고는
다시 한 번 나를 밀어냈다.

"그만!"

이번엔 좀 더 단호했다.

그가 나를 바라보았다. 애원하는 듯한 명령이 담긴 눈빛
이었다.

그에게서 떨어져 그 집을 나오기까지는 초인적인 노력
이 필요했다.

데모 위로 한밤이 내려앉아 있었다. 저 멀리에서 무언가
가 나를 부르는 것만 같았다. 기쁨과 조바심이 뒤섞여 힘
껏 달리고 싶은 욕망이 솟았다. 나 자신을 다른 어느 곳으
로 데려가서 기적으로 가득 채울 만한 힘이 느껴졌다. 하
지만 그 순간에는, 집으로 돌아가야만 했다.

우리 집으로. 아버지와 어머니와 동생, 그리고 죽음 곁
으로.

나는 집을 향해 거리를 내려왔다. 집으로 들어가니 어둠
속에서 아버지 혼자 곰 가죽을 올려 둔 소파에 앉아 TV 불
빛으로 얼굴을 밝히고 있었다. 나는 조용히 방으로 올라갔다.

조금도 자고 싶지가 않았다. 한밤중의 게임이 바로 그날 시작되기를 바랄 만큼, 나는 거의 모든 것에 맞설 수 있을 것만 같았다.

　침대에 누우려고 옷을 벗자 성기에서 평소와 다른 냄새가 나는 것이 느껴졌다. 쾌락의 냄새였다. 나는 챔피언의 팔에 안겨 잠이 들었다. 내 몸에 닿는 그의 몸을 느낄 수 있을 만큼 뜨거운 열기가 그의 존재를 욕망했다. 내게서 멀지 않은 곳에서 그가 잠들어 있었다. 홀로.

밤의 게임에 대해서 다시는 이야기를 꺼내지 않았기 때문에 나는 아버지가 그 일을 잊어버린 거라고 거의 믿게 되었다. 하지만 그럼에도 매일 밤 신경을 곤두세웠다. 조용한 집 안에서 들려오는 아주 작은 삐걱 소리에도 귀를 기울이곤 했다.

내 방 창문 앞에는 떡갈나무가 언제나 위협적으로 그늘을 드리우고 있었다. 때때로 바람이 그림자를 흔들면 나뭇가지가 침대 발치에서 으스스한 춤을 췄다. 나는 걱정에 잠겨 긴장한 채 침을 꿀꺽 삼키며 그 불길한 발레를 지켜보았다. 그리고 자명종 시계가 막 3시를 가리키는 것을 보고는 잠이 들곤 했다.

8월이 끝나갈 무렵의 어느 날 밤, 마침내 그 게임이 시작되었다.

정확하게 0시 12분이었다. 부모님 방에서 어떤 기척이 느껴졌다. 나는 곧 복도를 걷는 아버지의 무거운 발걸음을 알아차렸다. 열린 방문으로 아버지가 낮게 말했다. "시간이 되었다." 도프카가 호기심 어린 시선으로 바라보는 동안 나는 재빨리 옷을 입었다. 청바지, 좋은 신발, 티셔츠, 후드 스웨터, 배낭.

도프카가 따라오려고 했지만 내가 "안 돼." 하고 말하자 내 침대 위, 자기 잠자리로 돌아갔다. 그 밤을 가르며 달리면서 얼마나 도프카를 부러워하게 될지 아직 알지 못할 때였다.

동생은 이미 준비를 끝내고 아래층 전실에 내려가 있었다. 내가 계단을 내려오는 동안 아버지는 나를 바라보았다. 전리품의 벽에다가 나무 선반을 걸 수 있을지 고민하는 것처럼 보였다. 그리고 나는 그들을 따라가서는 안 된다는 것을, 그들과 함께 숲속으로 들어가서는 안 된다는 것을 깨달았다. 하지만 나에겐 선택권이 없었다. 아무도 내 의견을 물어보지 않았다.

우리는 밤 한가운데로 나아가 아버지의 사륜구동 자동
차에 올라탔다.

아버지는 나무가 빽빽한 거대한 숲을 향해 한 시간 동안
달렸다. 당신을 삼켜 버릴 수도 있는 깊은 숲, 늑대가 돌아
다닌다고들 하는 숲을 향해.

하늘에는 구름 한 점 없었다. 인간 세상의 빛으로부터
멀어질수록 별들은 공연을 보기 위해 모여드는 수천 관중
처럼 모습을 드러냈다. 나의 역할도, 다른 사람들의 역할
도 몰랐지만 내가 그 연극 무대에 올라서는 안 된다는 사
실은 알 수 있었다.

길은 더욱 좁아지면서 숲 속으로, 어둠의 심장을 향해
나아갔다. 전나무가 보초처럼 우리 주위로 늘어서 있었다.

마치 나를 기다리고 있었던 것만 같았다. 좁은 길을 따
라 몇 킬로미터 더 들어가자, 완만하게 기울어져 깊은 밤
을 향해 이어지는 비포장도로가 나타났다. 희미한 달빛이
나무 꼭대기 사이로 사라지자 땅은 아무것도 통과할 수 없
을 듯한 어둠 속으로 잠겨 들었다. 자동차 전조등이 빛을
비추자 아무것도 없던 공간에서 나무가 우리와 충돌하려
는 거인들처럼 튀어나왔다. 만약 어떤 포식자가 숲속을 어
슬렁거리고 있다면, 저 멀리에서도 금방 우리를 알아볼 수

있을 거라는 생각이 들었다. 전조등 불빛 덕분에 우리는 그야말로 움직이는 표적이 되어 있었다.

숲속 빈터 부근에 다다랐다. 거기엔 사륜구동 자동차 두 대와 남자 둘, 소년 셋이 우리를 기다리고 있었다.

동생은 차에서 내리더니 소년들을 향해 다가갔다. 사격장 친구일 거라고 짐작했다. 아이스크림 할아버지의 사고 이후 질이 누군가에게 우정을 드러내는 모습은 처음 보았다. 심지어 그들을 게임의 동지처럼 여기는 것 같았다. 거친 분노가 가슴속으로 스며들었다. 나쁜 녀석. 질이 이젠 나와 놀고 싶어 하지 않는다는 사실은 잘 알고 있었지만, 다른 아이들과 어울리는 모습을 보니 그 애의 입을 한 대 때려 주고 싶은 욕구가 치솟았다. 저를 위해 나는 그 모든 것을 다 하고 있는데.

하지만 나는 곧, 저건 질이 아니라는 사실을 떠올렸다. 두개골 속에 둥지를 튼 독충이 그 애를 변화시키고 있었다. 으깨어진 뼈에서 뿜어 나오는 메스꺼운 연기 덩어리.

남자들은 서로 등을 때리며 악수를 했다. 아버지가 우리 가족이라는 영역 밖에서 누군가와 관계를 맺는 모습 역시 처음이었다. 어찌 되었든 나는 질과 아버지가 그들의 세계를 어렴풋이라도 보여 줘서 기분이 좋았다.

소년들 중 둘은 형제가 틀림없었다. 동생은 열 살, 형은 열두 살 정도로 보였다. 그 애들은 무표정하고 딱딱했다. 검은 티셔츠를 입고 있는 모습이 마치 승마용 채찍 두 자루 같았다.

두 소년은 말랐고, 강했으며, 훈련되어 있었다. 그리고 단순하고 명료하게 말했다. 절대로 모호한 말도, 불필요한 말도 하지 않았다. 동생 쪽이 나에게 흘긋 시선을 던졌을 뿐이지만 그 애가 나에 대한 정보를 훑고 입력했다는 것을 알 수 있었다. 잠시 후엔 자기 방식대로 기억 속 사령부를 움직여 더 세세하게 연구할 터였다.

둘 중 더 큰 쪽은 모두의 시선을 받고 있었다. 이제 막 받은 소총을 보여 주었기 때문이다. 나는 총에 대해 아무것도 몰랐지만 다른 사람들이 감탄하는 것으로 보아 특별한 무기임이 분명했다.

세 번째 소년은 다른 두 소년과는 대조적이었다. 형제들 쪽은 엄격함과 규율이 모든 것을 의미하는 반면 그 아이는 자기 변덕에 따라 아무렇게나 밀고 나가는 쪽 같았다. 창백하고 통통했는데, 마치 콜라 병 속에서 자란 듯했다. 그 아이는 자기 아버지에게 총을 달라고 강하게 이야기하고 있었다. 아니, 이야기하는 것이 아니라 명령하고 있었다.

그 애의 아버지는 예산에서 벗어나는 일이라 말하면서 긴장한 듯 웃고 있었는데, 자신이 이미 졌다는 사실을 스스로도 아는 듯했다.

두 채찍의 아버지는 동정과 혐오가 뒤섞인 표정으로 그 모습을 바라보았다. 그는 개 조련사처럼 보였다. 아들들과 교신하기 위해 초음파 호루라기를 꺼내는 모습을 볼 수 있지 않을까 살짝 기대되기까지 했다.

하지만 무리의 우두머리는 나의 아버지였다. 분명했다. 아마도 코끼리 엄니 덕분일 터였다. 사냥꾼의 세계에서는 가장 거대한 동물을 죽인 사람이 우두머리가 되는 법이었다. 아니면 가장 많이 죽였거나. 두 경우 모두, 나의 아버지가 큰 승리를 거두었다.

아버지가 말했다. "자, 너희들, 각자 장비는 챙겼나?"

우리 모두 대답했다. "네!"

"오늘 저녁, 너희는 처음으로 추격을 할 것이다. 추격이란……."

아버지는 마치 사랑의 추억을 떠올리는 사람 같았다.

"추격이란 너희와 짐승 사이에 관계가 탄생하는 순간이다. 특별한 관계가 말이다. 둘 중 결정을 하는 쪽은 짐승이라는 사실을 알게 될 것이다. 어떤 순간이 오면 짐승이 너희를 공격할 것이다. 너희가 더 강하기 때문이다. 하지만 결국 항복할 것이다. 그러면 바로 그때, 쏘면 된다. 인내심을 요하는 일이다. 차라리 죽는 것이 낫다는 생각이 들 때까지 집요하게 먹잇감을 괴롭혀야 한다. 먹잇감을 향해 너희를 인도하는 것이 있다는 사실을 발견할 것이다. 그것은 눈도 아니고 귀도 아니다. 바로 사냥 본능이다. 너희의 영혼과 짐승의 영혼이 하나가 되면, 발걸음이 너희를 짐승에게 데려가도록 내버려 두면 된다. 침착하게, 서두를 필요도 없지. 만약 너희가 진정한 사냥꾼이라면 쉬운 일이다.

오늘 밤, 죽음은 없다. 단지 추격뿐이다. 그리고 먹잇감은……."

아버지가 나를 향해 몸을 돌리는 순간 피가 얼어붙었다.

"……너다."

남자아이들이 히죽거렸다.

"목표는 저 애를 아프게 하는 것이 아니다. 일단 저 애는 내 딸이고 어쨌든 언젠가는 결혼을 시켜야 하니까 말이다. 하하하! 너희는 저 애를 다치게 하지는 않는다. 머리카락 한 줌이 저 애의 죽음을 뜻한다. 제일 처음으로 내게 머리카락을 가져오는 자가 이기는 게임이다. 마찬가지로 머리카락을 몽땅 자를 필요 또한 없다. 한 줌이면 충분하다."

나는 저항했다. "아빠, 안 돼요! 싫어요! 무서워요, 하고 싶지 않아요!"

아버지의 턱이 그 특유의 이상한 움직임을 보였고 나는 한 시간 반 전 계단을 내려올 때 아버지가 왜 그런 눈빛으로 나를 바라보았는지 깨달았다. 하이에나의 피가 아버지의 정맥 속에서 흐르고 있었다. 그리고 나의 애원은 하이에나를 기쁘게 했다. 아주 조금이었지만 하이에나가 자기 입술을 핥게 하는 데에는 충분했다.

아버지가 낮은 목소리로 말했다.

"달려라, 너는 5분 먼저 출발해도 좋다."

"아빠, 제발, 그만요."

눈물이 솟구쳤고 흐느낌이 마치 촉수처럼 뻗어 목을 꽉 죄었다.

아버지가 타이머를 작동시켰다.

"시간이 가고 있다."

나는 다른 사람들을 바라보았다. 채찍들, 그들의 아버지, 뚱뚱한 꼬마, 그의 아버지. 그들은 내가 출발하기를 기다리고 있었다. 나의 시선이 질의 시선과 만났다. 질은 악취를 풍기는 그 잔인한 미소를 지어 보였다. 못된 녀석. 나는 울부짖고 싶었다. 똥으로 가득 찬 더러운 작은 눈을 뽑고 그 속으로 손을 집어넣어 머릿속 기생충을 몽땅 끄집어내서는 챔피언이 주정뱅이에게 했던 것처럼 "더러운 노친네!" 하고 외치면서 거센 주먹을 날려 죽여 버리고 싶었다. 하이에나의 웃음소리가 들려왔다. 그놈이 사방에서, 내 머릿속에서, 숲속에서, 그리고 폭풍의 냄새와 따뜻함으로 아름다웠을 그 여름의 검은 하늘에서 떠돌고 있었다.

나는 울지 않았다. 울면 안 돼. 울지 마. 하이에나에게 눈물을 주지 마. 눈물을 선물로 줘서는 안 돼, 아직은.

나는 뒤돌아 달리기 시작했다. 왔던 데로 되돌아가서 비포장 길을 따라 도로를 찾은 후 가장 먼저 오는 차를 멈춰 세우면 가장 가까운 마을로 태워다 주리라 확신했다. 어떻게 할지 거기서 다시 생각해 보면 된다. 하지만 몇 미터도 채 가지 않아, 이 숲 한가운데 난 황량한 작은 도로를 지나가는 자동차를 발견하려면 5분은 넘게 기다려야 할 거라는 사실을 깨달았다. 그러면 추격자 중 누군가는 나를 발견할 터였다. 나는 아주 쉬운 먹잇감이 될 것이었다. 그래서 나는 숲을 향해, 타르의 바다 같은 짙은 어둠을 향해 방향을 바꾸었다. 다른 무엇보다도 우선, 사라져야만 했다. 추격자들로부터 최대한 멀어져야 했다. 그 후 다시 길을 찾을지라도 일단은 도망쳐야 했다. 내 발이 어디를 딛는지 볼 수 없을 정도로 몹시 빨리 달렸다. 빨리 달릴수록 내가 먹잇감이라는 사실이 분명하게 느껴지면서 점점 더 공황에 빠졌다. 날고 있는 것만 같았다. 지난가을에 죽어 떨어져 양탄자처럼 쌓인 나뭇잎이 발 아래에서 부서졌다.

어둠 속에서 제대로 보이지 않는 나뭇가지들이 내 눈을 찌르고 뚫어 버릴 것만 같았다. 나는 얼굴을 보호하기 위해 팔로 가렸다. 가시철조망과 맞닥뜨리지 않기만을 기도하면서.

어느 쪽으로 가고 있는지 조금도 알 수 없었지만 나는 계속해서 앞을 향해, 내 다리가 허락하는 한 빠르게 달렸다. 나무들이 끝없이 뻗어 있는 것처럼 느껴졌다. 문명이나 그 비슷한 것을 찾기까지 며칠 동안이나 그렇게 뛰어야 할 것만 같았다.

나는 10미터는 되는 듯한 가파른 구릉의 끝자락에 도달했다. 그곳에 올라가려면 시간이 걸리겠지만, 한편으로는 꼭대기에서라면 다른 사람들을 볼 수 있을 터이고 그러면 길을 되찾을 때까지 숨어서 기다릴 수 있을 거라는 생각이 들었다. 다른 무엇보다도 그렇게 빠른 속도로는 오랫동안 달릴 수가 없었다. 공황이 목구멍을 꽉 조여 오기 시작했고 폐는 불타는 듯했다. 아버지가 타이머를 켠 후로 시간이 얼마나 흘렀는지 조금도 알 수가 없었다. 하지만 이제 거의 5분이 다 되었다고 무언가가 내게 알려 주는 것 같았다.

대답이라도 되는 듯 고함 소리가 내 뒤에서 밤을 찢었다.

피가 귓속에서 윙윙거렸기 때문에 정확하게 들리지는 않았다. 어렴풋이 "출바아아아아알!"처럼 들렸는데, 아마도 내가 질과 자동차들의 묘지에서 숨바꼭질을 하고 놀 때처럼 추격의 시작을 알리는 소리일 거라고 추측할 뿐이었다. 나는 얼마 남지 않은 꼭대기까지 달려 올라가 커다란 나무 기둥에 몸을 던지듯 기댔다. 어슴푸레한 빛 속에서 내 몸은 나무와 쉽게 구분되지 않았다. 가능한 한 소리를 내지 않기 위해 최대한 숨을 가다듬으려고 했지만 목구멍이 절로 울렸다. 공포와 흐느낌에 떨며 안간힘을 쓰느라 기관지로 통하는 구멍은 아주 좁아졌고, 공기마저 드나들기 힘들 정도였다. 까슬까슬한 땅바닥에 앉아 소용돌이가 되어 차오르는 눈물을, 그리고 그저 딸꾹질 외엔 아무것도 하지 못하도록 위협하며 나를 짓누르는 절망을 느꼈다. 하지만 격류가 되어 흐르는 눈물과 싸우면서 뜨거운 분노가 치밀어 올랐다. 절망이 말라붙고 내 안에서 무언가가 단단

해졌다. 몸 속에서 공기가 다시 평소처럼 돌기 시작했다.

추격자들의 위치를 가늠하기 위해 귀를 기울여 보았지만 오직 숲의 소리만이 들렸다. 멀지 않은 곳에서 부엉이가 울었다. 어쩌면 올빼미가. 나뭇가지 사이로 바람이 불었다. 걱정스러우면서도 한편으로는 안심되는 고요가 밤을 감싸 안았다.

내가 처한 상황에 대해 생각해 보았다. 그대로 움직이지 않고 계속 숨어 있으면, 저들이 어떻게 나를 찾으려 하는지 알 수 없었다. 어둠은, 존재 그 자체로 두려운 어둠은 내 최고의 동맹이기도 했다. 추격자들은 내가 웅크리고 있는 나무둥치에서 2미터 떨어진 곳에서조차 나를 듣지도 보지도 못할 것이었다. 하지만 분명한 사실 하나가 나를 가볍게 때렸다. 달리기 시작한 그 순간부터, 나는 곧장 앞으로만 나아갔던 것이다. 내가 나무들 사이로 달려 나가는 모습을 그들은 보았을 테고, 나를 쫓아 구릉 꼭대기로 곧장 올라올 게 분명했다.

얼마나 바보스러운가! 도대체 왜 나는 달릴 때 탄젠트를 응용하지 않았을까! 아니면 양자물리학의 개념도 확실히 체득하고, 풋내기 사냥꾼 녀석들을 따돌리는 데도 성공했을 텐데!

할 수 있는 한 가장 조심스럽게 계속해서 앞으로 나아가 야만 했다. 내 발걸음이 나를 숲 바깥으로 인도할 거라는 희망을 버리지 않고. 나는 다시 일어났다.

내 발걸음이 적막을 깨뜨렸다. 뒤섞여 있던 마른 나뭇가 지와 뾰족한 솔잎들이 부서지며 불길한 소리를 냈다.

그곳에 살고 있는 모든 포식자가 귀를 쫑긋 세우고 나를 향해 주둥이를 돌릴 것만 같았다. 어차피 소리를 낸 김에 계속 앞서 나갈 수 있도록 다시 달리기 시작했다. 적어도 뚱땡이 꼬마 녀석만큼은 나를 잡을 수 없으리라 생각했다.

한밤중, 숲 한가운데에서 길을 잃은 채, 내 머리카락을 자르고 싶어 하는 예측할 수 없는 미친 사냥개 무리로부터 쫓기고 있다는 사실을 잊으려고 애쓰면서 꾸준히 달렸다. 생명을 얻은 나무들이 매순간 길고 날카로운 손톱으로 내 살을 뜯어 버리려고 위협적으로 그림자를 흔들고 있다는 상상도 떨쳐 버려야만 했다.

한참 동안 달렸다. 너무 오래 달려서 다리에 고통이 느 껴졌다. 그리고 목이 마르기 시작했다. 나는 속이 텅 빈 죽 은 나무 기둥을 발견했다. 완전한 어둠 속으로 몸을 숨길 수 있을 것 같았다.

나는 어깨에서 배낭을 미끄러뜨려 무릎 위에 놓았다. 그러고는 소리를 내지 않고 지퍼를 열었다. 조심스럽게 손을 넣어 물통을 찾아 더듬었다. 순간 피가 얼어붙었다. 배낭이 거의 비어 있었다. 물통과 시리얼바뿐이었다. 누군가 내 배낭에서 판초와 쌍안경, 주머니칼을 꺼내 버린 것이었다. 잠들지 못하던 그 모든 밤에, 나는 단 한 번도 배낭 안을 확인해 보지 않았다. 그래야 한다는 생각도 하지 못했다. 배낭은 내 방에, 내 침대 발치에 있었고, 아무도 그런…….

　아버지.

　아버지가 그것들을 가져가려고 내 방에 들어오는 모습이 떠오르자 공포에 질렸다. 아버지가 처음부터 나를 먹잇감으로 정해 두었다는 뜻이었기 때문이다. 그리고 분명 아버지는 지난 몇 주 동안, 앞으로의 일을 떠올리며 즐거움을 만끽했을 터였다. 나는 다시 한 번 길을 찾아 목구멍으로 향하는 흐느낌을 억누르려 애쓰며 꿀꺽꿀꺽 오랫동안 물을 들이켰다. 하지만 결국 분노가 항복했고, 불타는 듯 뜨거운 눈물이 급류가 되어 뺨 위로 쏟아져 내렸다.

　나는 숨죽여 울면서 죽은 나무 기둥 아래 잠시 머물렀

다. 물통을 챙긴 후 다시 출발하려 할 때였다. 어떤 소리가 들려와 나는 놀라 펄쩍 뛰었다. "탁." 하는 마른 소리. 바로 옆인 듯 아주 가까이에서 들려왔다. 누군가 단단한 무언가를 때리는 소리 같았다.

식초를 뿌린 굴처럼 내 몸이 나무 기둥 아래에서 움츠러졌다. 나는 숨을 멈추었다. 누군가가 거기, 아주 가까이, 나무 기둥 반대쪽에 있었다. 누군지 보이지는 않았지만, 느낄 수는 있었다.

아버지의 말이 떠올랐다. "너희의 영혼과 짐승의 영혼이 하나가 되면, 발걸음이 너희를 짐승에게로 데려가도록 내버려 두면 된다. 침착하게, 서두를 필요도 없지."

내 영혼이 다른 이의 영혼과, 살인자의 영혼과 연결되었다. 그가 나를 찾아냈다. 하이에나가 나를 찾아낸 것이다. 나는 하이에나로부터 숨을 수 없다는 사실을 잊고 있었다. 하이에나가 거기, 모든 곳에, 이 세상의 살갗에 있었다. 그리고 그 괴물 같은 주둥이를 홀쩍거리며 나에게 오기로 결심했다. 여기 숲속, 인간들의 세상에서 멀리 떨어진 곳으로. 깃털과 챔피언으로부터 멀리 떨어진 곳으로. 그리고 영 교수님으로부터 멀리 떨어진 곳으로.

나는 발각되기를 기다리면서 눈을 감았다. 몇 초면 충분할 터였다. 아마도 아프지 않을 것이었다. 게임은 끝날 테고 나는 단지 머리카락 한 줌만 잃을 뿐이다. 나는 그 모든 일이 멈추기만을 바랐다. 집으로 돌아가자. 내 침대로, 도프카 곁으로.

하지만 나무 기둥 저편에 있는 것은 게임을 끝내고 싶어 하지 않았다. 나의 공포가 내 영혼에서부터 그의 영혼으로 흘러 들어가, 그의 먹이가 되었다. 나는 그것이 다른 세 소년도, 그들의 아버지도 아니라고 확신했다. 그것은 내 동생, 내 아버지, 아니면 다른 어떤 것이었⋯⋯. 셋 중 어느 것이 더 무서운지 알 수 없었다. 거친 숨소리가 들려왔다. 아니면 커다란 전나무 꼭대기를 흔드는 바람이었나? 그것은 내게로 다가와 나무에 기대었다. 그리고 내 피부에 바짝 붙어 공포의 냄새를 맡았다. 나는 여전히 두 눈을 꼭 감은 채였고, 머리카락에서 그 숨결이 느껴졌다. 증오로 부풀어 오른 기괴한 머리가, 파충류처럼 주둥이 바깥으로 삐죽 튀어 나온 검은 송곳니가 떠올랐다. 그리고 번득이는 눈빛.

그것은 신중했다. 부패한 영혼이 풍기는 악취가 부글부글 거대하게 끓어오르는 의식의 표면에 다다랐다.

그런 다음 그것은 몸을 일으켰고, 멀어졌다. 포식한 것이다.

제대로 생각을 할 수 있게 되기까지는 몇 분이 걸렸다.

가능한 한 빨리 이 숲에서 나가야만 했다.

나는 귀를 기울였다. 적막이 짙은 비단 커튼처럼 다시 밤을 덮었다. 혼자였다. 두려운 만큼이나 안심이 되었다.

몸의 긴장이 풀리자 나는 숨어 있던 곳에서 나오려고 했다. 바로 그때 통증이 느껴졌다.

나무 기둥 안에서 너무 힘껏 웅크린 바람에 잘려 나간 작은 나뭇가지가 등에 박혔던 것이다. 공포에 눈이 먼 내 뇌는 그 순간에는 아무것도 눈치채지 못했다.

손을 티셔츠 속으로 넣어 보았다.

그러고는 다시 빼니 달빛 아래 빨간 손가락이 보였다.

아주 위험한 상처는 아닐 듯했다. 그저 단순한 찰과상이었을 테지만, 내 피를 내 눈으로 보자 다시 한 번 눈물이 솟구쳤다.

새벽이 오기까지 얼마나 남았는지 시간을 가늠해 보려고 애썼다. 날이 밝아 환해지면 모든 것을 좀 더 잘 견딜 수 있을지도 몰랐다. 그리고 일단 해가 뜨면, 이렇게 아무것도 할 수 없는 이 게임도 끝날 거라는 생각이 들었다. 추격자들이 나를 어떻게 찾고 있는지조차 알지 못했다. 출발 신호가 떨어진 시각은 분명 1시 30분이었다. 6시쯤이면 날이 밝아 올 터였다. 내가 숲속을 달리기 시작한 후로 시간이 얼마나 흘렀는지가 남았다. 30분? 한 시간? 그보다 오래진 않았을 것이다. 그러니 어둠과 맞서야 할 시간은 세 시간 조금 넘게 남아 있었다. 분명했다. 나는 도로를 찾아 이곳에서 벗어나야 했다. 같은 방향으로 뛰면 좀 더 빠르게 숲에서 벗어날 수 있을 것이다. 여기에 생각이 미치자 조금 안심이 되었다. 심장 박동이 정상적인 속도를 되찾았다. 심지어 내 상상력이 심통을 부린 건 아니었을까 하는, 포식자와 마주쳤던 게 환영은 아니었을까 하는 생각마저 들었다. 무엇보다도 그저 탁 하는 소리만 들렸을 뿐이었다. 물론 무척 놀라긴 했지만, 어쩌면 죽어서 썩은 나뭇가지가 부러지는 소리였을 수도 있다. 아니, 내가 정말로 탁 하는 소리를 듣긴 했던 것일까?

다시 출발하기 위해 배낭을 메면서 이런 생각들을 하고 있을 때, 격렬한 공포가 나를 때리는 것을 느끼며 나도 모르게 비명을 질렀다.

몸이 화석처럼 굳었고, 발은 바닥에 못 박혔다. 몇 미터

앞쪽에서 어떤 형체가 달빛을 받으며 반쯤 드러났다. 형체는 커다란 전나무 줄기에 기대 전혀 움직이지 않았다.

나는 그대로 굳은 채, 내 앞에 서 있는 것을 응시했다.

두건 아래 숨어 있는 얼굴은 알아볼 수 없었다.

까마귀 우는 소리가 하늘을 가로질렀다. 그 형체는 조금도 움직이지 않았다. 그 사실이 그 존재 자체보다도 더욱 공포스러웠다. 도망쳐 봤자 소용없다고 말하는 듯했다. 어떤 시도를 하든 간에 나를 붙들 것이 분명했다.

형체가 결정을 내리기를 기다리면서, 나는 그저 바라보고만 있었다.

바로 그때 바람이 불었고, 나는 당혹스러워졌다. 그 형체는 바람에 유령처럼 흔들렸다. 나는 조금 다가가 보았다.

누군가가 아니었다. 카키색 방수 판초였다. 내 판초. 겉주머니에는 주머니칼도 꽂혀 있었다.

두 번째 비명은 터져 나오지 못하고 배 속에 머물렀다.

이것을 여기에 둔 사람은 멀리 가지 않았을 것이다. 어쩌면 어둠 속에 숨어서 나를 관찰하고 있을지도 몰랐다. 목덜미에서 그의 시선이 느껴지자 우글거리는 벌레 떼가 피부를 뚫고 들어오는 것만 같았다.

내 생각을 기다리지 않고 다리가 먼저 달리기 시작했다. 어디로 가는지도 모르는 채 땅을 박차며 달려 나갔다. 도 망쳐야 한다는 생각뿐이었다. 이대로 이 행성을 가로질러 다른 세상으로 사라져야만 했다. 다른 건 아무것도 중요하 지 않았다. 나는 먹잇감이 아니야, 젠장. 절대로.

하지만 나는, 극심한 공포감에 불타는 듯 뜨거운 배를 움켜쥐고 숲속을 도망쳐 다니는 먹잇감처럼 움직이고 있 었다.

나는 발아래에서 휙휙 사라지는 땅을 볼 수 없을 정도로 아주 빨리 달렸다. 뾰족한 바위들이 가시나무 양탄자 위 로 솟아올랐다. 나는 처음으로 비틀거렸다. 내 안의 어떤 것이, 아마도 이성이, 속도를 늦추라고 말했지만 두려움이 정맥을 휩쓸면서 모든 이성적인 생각을 가져가 버렸다.

오른발이 커다란 바위와 부딪치면서 몸이 날아갔다. 무 슨 일이 일어났는지 이해할 시간이 필요했다. 너무 높이, 너무 빠르게 날아올랐고, 그 충격 때문에 조금도 움직일 수 없다는 것을 이해할 시간이.

나는 그대로 땅과 충돌했다. 가슴 아래쪽이 돌과 부딪쳤 다. 안쪽에서 '빠직' 하는 소리가 들렸다. 나는 마치 그 모 든 모습을 객관적으로 선명하게 바라보고 있는 구경꾼처럼 '아! 갈비뼈.' 하고 생각했다. 오른손으로 얼굴을 더듬자, 예리한 돌멩이가 느껴졌다. 손바닥도 찢어졌다. 손바닥은 비명을 지르지 않았다. 나보다 용기 있었다.

나는 잠시 그대로 엎드려 있었다. 움직일 수가 없었다. 손바닥에는 돌멩이가, 갈비뼈에는 바윗덩어리가 있었다.

통증이 가슴을 뚫으며 발가락까지 뻗어 나갔다. 그렇게까지 아파 본 적은 한 번도 없었다.

바로 그때, 그것이 깨어났다. 내 배의 구멍 속에서. 장기들이 있는 정도의 깊이가 아니었다. 훨씬 깊숙한 곳, 모든 것을 넘어선 어떤 곳에서부터였다. 그곳에서 나보다 훨씬 거대한 어떤 생명체가 솟아 나왔다. 내 배 속에서. 챔피언을 통해 자라났던 그런 따뜻하고 부드러운 짐승이 아니었다. 이 짐승은 끔찍했다. 비열한 얼굴로 다른 창조물들을, 자기 아이들을 토해 냈다. 그것은 내 아버지를 집어 삼키고 싶어 했다. 나를 아프게 하려는 모든 것을 집어 삼키고 싶어 했다. 그 짐승은 내가 우는 것을 원치 않았다.

짐승이 어둠을 가르며 길게 포효했다.

이제 끝났다. 나는 먹잇감이 아니었다. 포식자도 아니었다. 나는 나였고, 파괴될 수 없었다.

나는 다시 일어섰다. 눈물은 말라 있었다. 부러진 갈비뼈가 나를 갈가리 찢을 것만 같았고, 숨을 쉬기가 힘들었다. 깊게 팬 손의 상처에서는 계속 피가 흘러내렸다. 평소라면 상처를 입에 가져다 댔겠지만 이번엔 피가 너무 많이 흘렀다. 나는 스웨터에 이어서 티셔츠까지 벗었다. 움직일 때마다 가슴이 찔렸다. 후드 스웨터와 배낭을 내려놓고 티셔츠를 붕대처럼 손에 둘둘 감았다.

나무 위에 걸린 주머니칼을 찾으러 가기가 망설여졌다. 짐승이 토해 낸 작은 생명체들은, 내 분노는, 그대로 생생히 살아 있어야만 했다. 반드시. 만약 누군가 나를 공격한다면 맨손으로도 그를 죽일 수 있을 것 같았다.

다시 발걸음을 떼면서, 내 머리카락을 자르러 누군가 나타기를 마음 깊숙이, 가장 비열한 곳에서부터 바랐다. 이것 봐, 와 보라지, 그 작고 더러운 입을 부숴 버릴 테니.

시간이 얼마나 흘렀는지 알 수 없을 만큼 걸었다. 점점 더 통증이 심해졌다. 손에선 거의 감각이 사라졌고 가슴이 나를 압박하며 호흡을 방해했다.

몸에서 엔도르핀이 점점 줄어들면서 고통의 신호를 더욱 두드러지게 보내고 있는 것이 틀림없었다. 과학 수업에서 그렇게 배웠다.

분노가 조금씩 가라앉았다. 하지만 더 이상 무섭지도 않았다. 여전히 나 자신이 파괴될 수 없다고 느껴졌다.

물을 마시기 위해 멈췄다. 피를 많이 흘렸기 때문에 시리얼바도 먹어야 했다. 목숨이 위험할 정도는 아니었지만 가벼운 빈혈을 일으키기엔 충분했다. 숲 한가운데에서 의식을 잃을지도 모른다는 생각은 견딜 수가 없었다.

청바지 주머니에 빈 시리얼바 포장지를 넣을 때였다. 내 왼편, 아주 멀리 아래쪽에서 어떤 것이 주의를 끌었다. 작은 빛이 움직이고 있었다. 전조등. 자동차 전조등이었다. 게다가 가까워지고 있는 것 같았다.

자동차가 나를 지나쳐 가 버리기 전에, 아마도 내가 찾으려 했던 바로 그 도로로 내려가야 했다. 나는 갈비뼈가 허락하는 한 가장 빨리 다시 걷기 시작했다. 자동차가 아주 빠르게 달리고 있는 것 같지는 않았으므로 시도해 볼 만했다. 나는 고사리들을 헤치며 걸음을 서둘렀다.

길은 어둠을 향해 가파르게 잠겨 들었다. 배 속에서부터 비명이 솟았지만, 숲에서 나갈 수 있다는 생각이 고통보다

강했다. 나는 허벅지를 베이면서 가시덤불 잡목림을 성큼 뛰어넘었다.

자동차는 여전히 내 쪽을 향하고 있는 것 같았다.

비탈 아래에 도착했다. 바닥이 보이지는 않았지만, 여전히 가시덤불 길이었다. 나는 비틀거리다가 손으로 땅을 짚으며 덤불 위로 넘어졌다. 쐐기풀에 찔린 것 같았지만 여태껏 견뎌 낸 것에 비하면 거슬리는 새끼 고양이 울음소리 정도일 뿐이었다. 나는 다시 몸을 일으켜 도로를 향해 몇 미터쯤 더 나아갔다.

잘 닦인 도로가 나올 것이라 기대했지만 내 발은 여전히 거친 땅 위를 밟았다. 그곳은 도로가 아니라, 우리가 몇 시간 전 지나왔던 바로 그 길이었다.(몇 시간 전이었을까? 한 시간, 두 시간, 아니면 네 시간? 이젠 전혀 알 수가 없었다.)

하지만 전조등은 진짜였고, 나를 향해 다가왔다. 나는 그 빛줄기 한가운데 있어서 운전자가 보이지 않았다. 자동차가 속도를 늦추더니 마침내 몇 미터 앞에서 멈춰 섰다.

자동차는 나를 바라보는 것처럼 10초 정도 움직이지 않았다. 전조등 불빛 때문에 눈이 부셔 자동차도, 자동차에 타고 있는 사람도 볼 수 없었지만 그 기다림에서는 어떤 좋은 점도 기대할 수 없었다. 마침내 시동이 꺼지더니 운전석과 조수석 문이 동시에 열렸다. 두 사람이 차에서 내렸다. 나는 감히 다가갈 수가 없었다. 두 형체가 앞으로 다가와 불빛 속에서 모습을 드러냈다.

뚱땡이 꼬마 녀석과 그 아버지.

꼬마 녀석은 숲속을 걷다가 지쳤던 것이 틀림없다. 아니면 무서웠을지도 모른다. 어쨌든 자동차로 추격하는 편을 더 좋아했을 것이다.

도망치고 싶은 마음이 들지 않았다. 나는 아팠고, 무섭지 않았으며, 내 안의 끔찍한 생명체는 파괴를 원하고 있었다.

저 녀석은 영리하게 머리를 써 나를 20킬로미터는 앞질렀다. 하지만 그 순간 나는 내 주먹 아래에서 부서지는 녀석의 얼굴을 느끼고 싶어 안달이 나 참을 수가 없었다.

나는 기다렸다. 움직이지 않고.
녀석은 머뭇거리며 나를 향해 걸음을 옮겼다.
한 손에는 가위를 든 채 "우리가 널 찾았어, 넌 졌어!" 하고 말을 꺼냈지만, 그 목소리에서는 근심이 드러났다.
녀석은 마치 야생 짐승을 쓰다듬으라는 명령을 받기라도 한 것처럼 신중하게 다가왔다.

전조등 불빛 때문에 녀석이 검은 덩어리로만 보였지만 나는 녀석의 떨리는 두 뺨과 땀으로 뒤덮인 이마를 느낄 수 있었다.
녀석이 바로 옆까지 오더니 내 머리카락을 향해 손을 들었다.

나는 녀석이 나를 건드리길 기다리며, 그 기다림을 음미했다.

녀석의 손가락 끝이 내 금발을 스쳤다.

그러자 마치 방아쇠가 당겨져 총신에서 튀어나온 총알처럼 내 안의 짐승이 뛰어올랐다. 비포장 길 위에 놓여 있던 내 주먹이 그 짐승의 힘으로 녀석의 광대를 때렸다. 나는 녀석을 향해 달려들었다. 짐승이 내 배 속 가장 깊숙이에서 울부짖었고, 피에 굶주린 바이킹 군대와 같은 힘을 빌려 주었다.

주먹이 너무도 강해서 녀석의 두개골을 깨고 들어가는 것만 같았다. 다친 손이었지만 통증도 느껴지지 않았다.

녀석이 소리쳤다. "아빠아아아아아아아아!"

나는 그러고도 몇 초쯤 더 때렸다. 곧 어떤 손이 내 머리채를 잡았다. 나는 뒤로 돌아 제일 먼저 눈에 들어오는 것을 물었다. 팔이었다. 턱을 힘껏 악물자 이가 살을 파고드는 것이 느껴졌다.

녀석의 아버지가 자유로운 다른 한 손으로 내 목을 움켜쥐고 조였다. 물고 있는 팔을 놓을 수밖에 없었다.

그가 나를 땅으로 내동댕이치자 부서진 갈비뼈가 흔들

렸다.

나는 고통에 울부짖었다.

그의 두 손에 잡힌 머리는 움직일 수 없었지만 나는 다리를 버둥거리며 안간힘을 썼다. 내 몸은 여전히 싸우고 있었다.

아버지가 아들에게 소리쳤다. "와서 도우라고, 젠장!" 꼬마 녀석이 몸을 일으키더니 내 배 위에 걸터앉았다. 녀석의 무릎이 갈비뼈를 눌렀다. 고통이 너무도 심해서 전혀 숨을 쉴 수가 없을 정도였다.

"손을 붙들어."

녀석은 내 손을 붙들고, 아버지는 나를 바닥으로 내리눌렀다. 나는 더 이상 아무것도 할 수 없었다.

나는 숨이 멎을 듯한 통증에 더는 움직이지 않았다. 나는 정복당했다.

가위가 '싹둑' 내 머리카락을 자르는 소리가 들렸다.

아버지와 아들은 나를 놓아주고는 서둘러 자리를 벗어나 사륜구동을 향해 갔다. 나를 거기 홀로, 길 한가운데 쓰러진 채 내버려 두고는.

포그혼 소리가 들렸다. 사냥이 끝났다는 신호임이 틀림

없었다.

아들이 다시 자동차에서 내렸다. 아버지는 자기 아들이 마치 어른처럼 혼자서 그 위업을 달성했다고 믿게 하려는 듯 멀찍이 걸어갔다.

나는 나 자신에게, 그리고 나를 보호할 만큼 충분히 강하지 못한 내 안의 생명체에게 격노하면서 그대로 땅바닥에 남아 있었다.

뚱땡이 꼬마 녀석은 내게서 조금 떨어진 곳에서 흐느끼기 시작했다. 내 주먹이 꽤 아팠을 터였다. 우리 둘은, 그 녀석은 길가에 앉아 신음하며, 그리고 나는 비포장 길에 누워 패배를 곱씹으며, 그렇게 꽤 오랫동안 기다렸다.

다른 사람들이 다가오는 소리가 들리자 나는 몸을 일으켰다. 패배한 짐승처럼 보이고 싶지 않았다. 꼬마 녀석은 손등으로 눈물을 닦고는 승리의 상징인 내 머리카락 다발을 흔들었다. 채찍 둘이 제일 먼저 도착했다. 둘은 좌절감을 숨기지 못했다. 자기네 아버지의 비난 어린 눈빛 아래서, 그 두 녀석은 보충 훈련을 받을 것이 틀림없었다.

조금 후 내 동생이 도착했다. 질은 내 손에 감긴 피로 물든 티셔츠를 바라보았다.

나는 기생충이 그렇게 깊숙이 서둘러 사라지는 모습을 본 적이 없었다. 아니, 그 반대였다. 기생충은 동생에게서 겉돌고 있었다. 게임 저 멀리에 있었다.

　질은 뚱땡이 꼬마 녀석을 보며 주먹을 힘껏 쥐었다. 반군들이 황무지와 늪지 계곡 저 너머에서 저항하며 고함을 내지르고 있었다. 그들은 죽지 않았던 것이다. 아, 감사합니다.

　검은 하늘 저편에서 보랏빛 새벽이 밝아 오고 있었다.

　동생의 눈빛을 통해 나는 계속 싸워야만 한다는 사실을 깨달았다. 동생이 없었다면 아마도 그 밤은 나의 의지를 삼켜 버렸을 것이다.

　아버지와 마주했을 때 어떤 태도를 보여야 할지 알 수 없었다. 한편으로는 아버지에게 나는 먹잇감이 아니라는 것을, 어머니와 같지 않다는 것을, 내 속은 텅 비어 있지 않다는 것을, 그곳에 짐승 한 마리가 살고 있다는 것을, 그 짐승 가까이 다가오지 않는 편이 좋다는 것을 알려 주고 싶었다.

　하지만 또한 이런 생각도 들었다. 만약 내가 여드름이 난 뚱땡이 꼬마 녀석과 편육처럼 흐물흐물 의지가 약한 남자와도 맞설 깜냥이 안 된다면, 아직 내 아버지와 맞설 준비가 안 된 것이라고. 그렇다면 신중하게, 내 진짜 모습을 드러내지 않는 편이 훨씬 현명할 터였다. 의심의 여지가 없었다.

그래서 나는 눈을 내리깔았고, 겁에 질린 어린 소녀 같은 태도를 보였다.

뚱뗑이 꼬마 녀석의 아버지는 분명 피가 나고 있을 물린 자국을 감추려고 티셔츠 위로 와이셔츠를 입었다. 내 혀에 비릿한 금속 맛이 남아 있는 것 같았다.

아버지가 피에 젖은 내 손을 턱으로 가리켰다.

"다쳤나?"

"돌멩이 위로 넘어졌어요."

"아하! 그럴 줄 알았다! 여자를 숲속에서 혼자 달리게 했으니 말이다!"

모두가 웃었다. 질과 나를 제외하고.

돌아오는 길은 갈 때와 마찬가지로 침묵에 잠겨 있었다.

집에 도착하니 어머니가 이미 일어나 전실에서 우리를 기다리고 있었다. 나는 현관에 들어서며 어머니의 눈빛을 보았다. 더러워진 옷과 살갗이 벗어진 얼굴, 피 흘리는 손에 놀란 것이 틀림없었다.

어머니는 하얗게 질려 뭔가 말하려는 듯 입을 벌렸지만 아버지와 눈이 마주치자 다시 다물었다.

아버지가 어머니에게 말했다. "상처 좀 봐 줘, 저 혼자 다치고 다녔다고."

아버지의 그 말 뒤에 어떤 죄책감의 씨앗이 감춰져 있다고 무언가 내게 말하는 것만 같았다. 어쩌면 그저 위안이 필요했는지도 몰랐다. 하지만 나는 아버지가 내 두려움을 들이마시기 위해 나무 기둥 아래에서 나타난 괴물은 아닐 거라고 스스로를 납득시키고 있었다.

어머니는 나를 욕실로 데려갔다. 동물을 돌봐 줄 때와 비슷했다. 먼저 손을 소독한 다음 스웨터를 벗게 했다. 갈비뼈 근처의 상처를 발견하자 어머니의 눈이 흐려졌다. 어머니는 손으로 입을 막았다. 어머니는 그 고통을 잘 알고 있었다. 어머니의 눈에서 눈물이 흘렀다.

알약과 물 한 잔을 주면서 어머니가 말했다. "조금 덜 아플 거야." 목이 멘 소리였다.

어머니는 잠옷 입는 걸 도와주고 침대로 나를 데려갔다. 그리고 커튼을 친 다음 곁에 앉아 내가 잠들기를 기다렸다.

얼음 같은 손으로 내 무릎을 쓰다듬으며 어둠속에서 중얼거렸다. "돈을 벌어서 떠나." 어머니가 나에게 충고를 한 건 처음이었다. 누군가에게 충고라는 걸 한 것도 아마 어머니 인생에서 처음이었을 것이다.

"엄마, 엄마는 왜 인생을 놓아 버렸어요?"

묻지 않는 편이 나을 거라고 생각할 시간조차 없었다. 내가 정말로 그런 말을 한 것인지 스스로도 놀랄 정도였다. 다른 누군가에게서 나온 말인 것만 같았다.

그 질문에는 어떠한 악의도 없었다. 정말로 그저 묻는 것이었다. 어머니의 삶은 실패했다. 성공한 삶이라는 것이 존재하기는 하는지, 그게 무엇인지도 몰랐다. 하지만 웃음 없는 삶, 선택 없는 삶, 그리고 사랑 없는 삶이 망가진 삶이라는 것은 잘 알았다.

나는 어떤 이야기, 아니면 설명을 기대했다.

어머니의 얼굴이 갈라졌다. 슬픔이 아니었다. 어머니 안에 깊숙이 덮여 있던 지각판이 진동했다. 달빛이 비추는 듯한 그 풍경 속에서 무언가가, 어머니를 변화시키는 무언가가, 어쩌면 삶이 움트도록 하는 무언가가 갈라지며 살짝 벌어졌다.

어머니가 다시 말했다. "돈을 벌어서 떠나." 그리고 거기, 침대 머리맡에 앉은 채 내 곁에 머물러 있었다.

나는 잠을 청하려고 가장 통증이 덜한 자세를 찾아 베개에 머리를 뉘었다.

하지만 결국은 쉴 수 없을 거라는 사실을 깨달았다. 통증이 사라지기까지 몇 주는 걸릴 터였다. 통증이 사라진다 하더라도 공포는 남을 것이었다. 내게 안식처란 없었다. 절대로.

하지만 내 안 깊숙한 곳에 그것이 있었다. 그래야 하는 상황이 온다면 내 공포를 빨아들여 나를 포식자로 변하게 할 수 있는 그것이, 점점 자라고 있었다.

통증이 조금 가라앉았다. 약이 듣는 모양이었다.

도프카가 팔 안쪽으로 파고 들어와 몸을 웅크렸다.

어머니는 소리 죽여 울고 있었다. 나는 어머니가 흐느끼는 소리를 들으며, 깜깜한 잠 속으로 빠져들었다.

다음 날 아침, 영 교수님을 만나기로 한 날이었다. 교수님 집에 가지 못할 바에야 죽는 것이 나았다. 하지만 숨을 쉴 때마다, 고추를 바른 칼이 나를 관통하는 것만 같은 통증이 느껴졌다.

나는 도프카와 함께 마을을 가로질렀다. 상처 하나하나가 물어뜯기는 것 같은 충격을 줄이기 위해 할 수 있는 한 조심스럽게 발을 디디려고 애썼다. 손의 상처가 팔딱거렸다. 감염에 맞서 싸우는 나의 항체라는 것을 잘 알고 있었다. 그들이 전투에서 승리하기를 바랐다. 아버지는 내가 병원에 가야만 했던 것을 달갑게 여기지 않았다. 나는 그

것이 썩 기분 좋았다. 맑은 날이었다. 앵무새들이 시끄럽게 지저귀고 있었다. 새들은 무심했다. 언제나처럼.

영 교수님이 문을 열어 주었다.

그는 아무 말 없이 내 얼굴의 상처와 밤사이 검붉게 얼룩진 손의 붕대를 바라보며 잠시 현관에 서 있었다.

짙은 눈썹 아래로 이해할 수 없는 무언가가 떠올랐다. 그는 움직이지 않았다. 그러고는 두 팔로 나를 안아 주었다. 두 눈으로도.

그의 어깨 뒤에서 하얀 가면이 나타났다. 야엘은 말은 할 수 없지만 귀가 멀지는 않았다. 남편의 침묵이 그녀에게, 평소와는 다른 일이 일어났다는 사실을 알려 준 모양이었다. 도프카가 낑낑댔다. 가면에 난 검은 두 구멍이 영 교수님과 마찬가지로 나를 뚫어지게 바라보았다. 만약 야엘의 가면이 무섭지만 않았더라면, 어쩌면 나는 웃었을지도 모른다. 둘 다 우스워 보였다. 마치 부엉이 커플 같았다.

하지만 빨갛게 칠한 석고 입 너머에서 야엘의 진짜 입이, 한 번도 본 적 없고, 그날 역시 과연 내가 보고 싶어 했는지 확실하지 않은 그 입이, 태양마저 얼어붙게 하는 비명을 내질렀다. 사람의 것도 동물의 것도 아닌, 길고 불길한 비명. 어떤 원시의 슬픔을 토해내는 것만 같았다.

오랜 침묵의 나날을 보낸 후 다시 솟아난 듯, 깊이를 알 수 없는 고통이 담겨 있었다.

그녀는 망가진 성대로 울부짖었다. 아이스크림 할아버지의 폭발 사고 이후, 우리 마을에서 울려 퍼진 가장 끔찍한 소리였을 것이다.

영 교수님이 돌아서 그녀의 어깨를 잡았다.

"야엘!"

비명은 멈추지 않을 것 같았다.

교수님은 그녀를 작은 거실로 데려가 안락의자에 앉도록 도와주었다. 가면은 계속해서 점점 더 크게 비명을 질렀다. 고통에 분노가 더해지고 있었다. 그 울부짖음이 나를 아프게 했다. 내 갈비뼈보다 더욱 아팠다.

교수님이 그녀를 진정시키려고 애썼다.

"야엘, 숨을 쉬어. 천천히."

그는 자신의 늙은 손으로 그녀의 늙은 손을 붙잡고, 겁에 질린 어린 토끼를 대하듯 부드럽게 어루만졌다.

비명이 너무도 생생해서 한순간 가면이 살아 움직이는 거라고 믿겨질 정도였다. 하지만 가면은 여전히 그 미소와 금속 조각과 깃털과 함께 얼굴에 고정되어 있었다.

"야엘, 다 괜찮을 거야. 진정해."

교수님이 누군가를 진정시키려고 애쓰는 모습을 보는
것은 당혹스러웠다. 나와 있을 때 그는 항상 조금 서툴렀
다. 사실, 다가갈 수가 없었다. 그는 거의 어떤 감정도 드러
내지 않는 사람이었다.

시간이 흐른 후, 나는 그것이 일종의 수줍음이었다는 사
실을 깨달았다.

그는 사회적 관계를 맺을 줄 몰랐던 것이다. 사람들 사
이의 관계에는 어느 정도 비합리적인 부분이 필요했다. 그
리고 영 교수님은 비합리적인 것을 이해하지 못했다.

하지만 야엘은 달랐다. 야엘은 그의 아내였다.

비명이 약해지지 않자 교수님은 서랍을 열어 주사기와
작은 병을 하나 꺼냈다. 그러고는 적갈색 반점으로 뒤덮인
팔을 아주 부드럽게 잡았다. 나는 그 반점들이 항상 신경
쓰였다. 아이스크림 할아버지의 손이 떠올랐다. 그 나이가
되면, 나에게도 역시 오래된 담장 같은 그런 반점들이 생
겨 날 터였다.

교수님이 주사 바늘을 찌르자, 목소리는 항복했다. 가면이 조용해졌다. 야엘의 머리가 쿠션 위로 기울자 나는 그녀가 잠에 빨려 들어갔다는 사실을 알 수 있었다.

"식당에서 기다리렴."

그녀의 가면을 벗기려는 것이었다.

나는 식당으로 가면서, 교수님이 방금 막 거실에 틀어놓은 라디오 소리를 들었다. 클래식 채널이었다.

나는 식탁에 앉았다.

교수님도 내게로 와서 앉았다. 짙은 검은 눈썹 사이로 너무도 깊은 주름이 잡혀서 미간이 완전히 사라져 버렸다. 이마 위로는 길고 곧은 직선이 생겨나 있었다. 바운티 초콜릿바가 떠오를 정도였다. 신경질적인 웃음이 나올 것 같아 나는 꾹 참았다. 교수님은 맞은편에 앉아서 수염을 쓰다듬으며 손가락 사이로 진주를 굴리기 시작했다. 시선은 내 오른쪽에 놓인 의자를 향해 있었다. 이야기를 시작할 준비를 하고 있는 듯 보였다. 그의 수줍음이 드러나는 행동이었다.

"야엘이 원래 저랬던 건 아니야."

그리고 나는 그날은 우리가 물리학을 공부하지 않을 거란 사실을 알았다.

"우린 텔아비브에서 만났다. 대학에서 말이지. 야엘은 의학을, 나는 물리학을 공부했어. 야엘은 학위를 따고 곧 병원에서 수련의 생활을 시작했지. 그곳에서 남편 문제로 온 여자들을 수없이 많이 만났단다. 폭력 문제 말이다. 육체적이고 심리적인 폭력. 야엘은 푸른 멍이 들고 입술이 찢어진 채 망가져서는 병원에 오는 여자들을 보아야 했지. 그리고 조금 회복되고 나면, 어쨌든 몸이 제 기능을 찾고 나면, 그 여자들은 다시 집으로 돌아갔고, 그러면 똑같은 일이 반복되었지. 야엘은 그걸 견딜 수 없어 했어. 그래서 병원 원장과 의논을 했는데, 꽤 괜찮은 사람이었단다. 야엘을 지지하고 함께해 줬지. 두 사람은 피해 여성을 위한 쉼터를 마련했어. 야엘은 많은 여자들을 도왔어. 알겠니. 페미니스트 활동도 열심히 했지. 진정한 전사였어. 나는 나대로 대학에서 꽤 단순하고 분명한 시기를 보내고 있었단다. 학생들을 가르치면서 연구를 계속했지.

그리고 그 여자가 왔어. 류바. 아기와 함께 집에서 도망쳤지. 6개월도 되지 않은 남자애였어. 류바의 남편은……."

그가 내 눈을 똑바로 바라보았다.

"화나게 하지 않는 편이 나은 그런 부류의 사내였어. 자기 아내와 아기를 찾으러 텔아비브로 왔지. 류바는 서둘러 멀리 도망가야 했단다. 야엘이 러시아에 있는 류바의 가족을 찾았고 거기로 떠날 수 있도록 도왔어. 류바와 아기는 가까스로 도망칠 수 있었지.

하지만 그 남자는 몹시 화가 났어. 아내의 흔적을 쫓기 시작했지. 차근차근. 그러다 야엘에 대해 알게 된 거야."

교수님의 얼굴은 금방이라도 마른 나무처럼 쩍 갈라질 듯 아슬아슬해 보였다.

"어느 날 저녁, 야엘이 쉼터를 나섰지.

그놈이 기다리고 있었어. 친구들과 함께.

나는…… 나는 거기에 없었어. 야엘을 지킬 수 없었지.

그놈들이 그날 밤 야엘에게 어떤 짓을 했는지…… 의사 보고서에는, 그게……."

마른 나무가 갈라졌다. 그 껍질을 통해서 나는 보았다. 울부짖고 있는 한 여자를. 알 수 없는 무언가를 간청하고 있는, 사라지기 직전의 그 얼굴을. 검은 날개와 붉은 눈동자를.

"놈들은 여유로웠어. 몇 시간 동안이나 계속되었지, 밤새도록. 야엘은 놈들이 웃었던 것을, 많이 웃었던 것을 기억해. 특히 그놈들이 야엘의 얼굴에 염산을 부었을 때 말이다."

교수님은 계속해서 손가락 사이로 구슬을 굴렸다.

"그러고는 야엘을 응급실 문 앞에 던져두었지. 그놈들은 야엘이 살아남길 바랐어. 그날 밤 이후로도 아주 오랫동안, 극심한 고통이 지속되길 바란 거지.

그리고 그렇게 되었단다. 야엘은 살아남았어. 혼수상태에 빠졌지만. 나는 야엘 곁에서 끝나지 않을 것 같은 밤들을 보냈지. 정말로 사랑한다면 호흡기를 떼어 버려야 한다고 생각하면서도 말이다. 그 누구도 얼굴 없이는 살아갈 수 없으니까. 코도, 입도 없이. 말할 수도, 맛볼 수도 없이. 정말로 수백 번은 더 그럴 뻔했어. 하지만 할 수가 없었지.

의사들은 야엘의 오른쪽 눈을 살리는 데 성공했어. 왼쪽 눈은 말 그대로 녹아 버렸고.

혼수상태에서 깨어나서는 종이와 볼펜을 가져다가 이렇게 쓰더구나. '류바와 아기는 괜찮아?' 그때 야엘은 입이 없는데도 미소를 지었지. 확신할 수 있어. 그리고 나는 야엘이 이겨 냈다는 사실을 알았어."

232

교수님은 자리에서 일어나 부엌으로 갔다. 나는 그의 이야기를 잇는 기이한 침묵 속에 그대로 앉아 있었다. 오직 거실의 라디오 소리만이 들려왔다. 나는 코도, 입도 없이 한쪽 눈은 녹아 버린 채 잠이 든 야엘의 모습을 상상했다.

교수님이 김이 나는 찻주전자를 가지고 돌아왔다. 그리고 자리에 앉아서 내 쪽을 향해 차 한 잔을 밀어 주었다.

"그래, 나는 너한테 무슨 일이 있었는지 모르고, 묻지도 않을 거란다. 하지만 만약 사라져야만 할 어떤 사람이 있다면 말이다, 류바의 남편이 텔아비브 항구에서 물고기 밥이 되었다는 사실은 알고 있어라."

그는 더 말이 없었지만 그것이 한편으로는 질문이라는 것을 알 수 있었다.

나는 고개를 저었다.

"내가 관여하는 게 싫니?"

나는 고개를 끄덕였다.

"좋다, 공부를 시작하자."

어머니는 나를 돌봐 주었다. 최선을 다했고, 치료도 아주 잘하는 편이었다. 덕분에 내 손은 감염되지 않았다. 어머니는 하루에도 몇 번씩 그린 클레이로 찜질을 해 주었다. 클레이와 닿은 상처 부위는 잘 아물었다. 어머니와 닿는 것 또한 마찬가지였다. 처음으로 어머니가 나의 동지 같다고, 나와 함께 있다고 느꼈다. 갈비뼈는, 뼈가 다시 붙기를 기다리면서 고통을 덜어 주는 것 말고는 할 수 있는 일이 없었다. 나는 어머니가 주는 진통제를 먹었다. 나를 돌보는 것이 어머니에게 좋은 일이었을 거라고 생각한다. 아니, 확신할 수 있다. 아마도 어머니는 거의 항상 자신이 쓸모없다고 느끼며 고통스러웠을 것이다. 그리고 우리가 자신을 필요로 해 주기를 원했는지도 모른다. 염소와 식물과 앵무새에 대한 어머니의 열정을 보면 알 수 있었다. 모두 어머니에게 의지하는 존재들이었다.

나는 좀 더 자주 어머니에게 도움을 청하기로 결심했다. 매우 작지만, 예전에는 한 번도 부탁해 보지 않은 것들을.

어머니에게 별것 아닌 일들, 예를 들면 지퍼 고치는 걸도와 달라든가 자명종 라디오 맞추는 법을 알려 달라고 부탁했다. 어머니도 나처럼 과학에 흥미가 있다는 사실도 알게 되었다. 어머니는 동물이나 정원을 돌보면서 생물학에 능통해져 있었다. 직접적인 경험을 통해 이미 인상적일 만큼 많은 지식을 얻었던 것이다. 어머니가 그것을 나와 나누고 기쁨을 느끼면서 스스로도 놀랐을 것이라고, 그렇게 믿고 있다.

여름은 그런 혼란스러운 감각, 내가 '엄마'라고 부르는 존재에게서 비롯한 경탄과 내가 '아빠'라고 부르는 존재가 불러일으킨 어마어마한 공포 사이에서 끝이 났다.

다음 여름이 시작될 무렵이면 내 삶이 바뀔 것이라는 사실을 나는 알 수 있었다. 완전히 새롭게.

그해, 아버지가 일하던 놀이공원이 미국의 대형 체인에 팔렸다. 조직 개편이 있었다. 그리고 아버지는 해고되었다. 아버지의 말에 따르면 "12년 동안 성실하고 준법적으로 봉사한 후에" 말이다. 해고 통보를 받은 날, 아버지는 어머니에게 분노를 풀었다. 그 후의 나날 또한 마찬가지였다. 몇 주 동안이나. 아버지의 분노는 일상이 되었다.

어머니 얼굴에는 끊임없이 상처들이 생겨났다. 멍이 서서히 옅어질 때면 입술이나 눈두덩이가 찢어졌다. 죽음의 계주 같았다. 광대뼈가 외쳤다. "내 차례야! 내 거야!" 그러고는 픽! 광대뼈는 빨개졌다가 파래지고, 검게 되더니 노래졌다. 가끔은 초록빛을 띨 때도 있었다. 그런 다음 입술 차례가 왔고, 이어서 눈 차례였다. 어머니의 얼굴은 항상 부어 있었다.

어머니는 이제 장 본 것들을 집으로 배달시키곤 했다. 가게 직원들이 이상한 표정으로 어머니를 바라보았기 때문이다. 어느 날은, 계산원이 도우려는 마음에 경찰에 신고를 했다. 하지만 어머니가 고소를 거부했기 때문에 아무 일도 일어나지 않았다.

그리고 아버지의 분노는 두 배로 커졌다.

나는 숨을 죽이고 지냈다. 아버지의 레이더에서 벗어나기 위해 바람의 방향에 나를 맡기고 눈에 띄지 않게 지나가려고 노력했다. 아버지는 나를 관찰하고 있었다. 느낄수 있었다. 내 영혼이 아버지의 영혼과 연결되어 감시당하고 있었다. 그런 순간이 올 때면 머릿속을 비웠고 무엇이되었든 살아 있지 않은 어떤 것처럼 행동했다. 오로지 학교 성적이 그런 내 노력을 배신할 위험이 있었다. 나는 너무 뛰어난 성적을 받지 않도록 해야만 했다.

나는 납득될 만한 성적을 유지했다. 만약 내가 원했더라면 한 학년을 더 뛰어넘었을지도 모른다. 아무런 문제 없이. 하지만 자칫 아버지의 주의를 끌 수 있었다.

어쨌든 아무래도 상관없었다. 영 교수님에게 배울 수 있었기 때문이다.

나는 또한 최대한 몸을 가리려고 애썼다. 내 몸은 아름다웠고, 나는 그 사실을 알고 있었다. 완벽하다 할 만한 비율로 다리는 길고 가늘었으며, 늘씬한 키에 어깨는 조각된 듯했다. 그 모든 것을 감추기 위해 헐렁헐렁한 옷을, 배기팬츠에 커다란 스웨터를 입었다. 다케시와 유미를 돌보러 갈 때만은 예외였다. 챔피언의 시선이 내 피부를 어루만지는 느낌이 좋았기 때문이다. 그래서 길고 후줄근한 스웨터를 입고 집을 나서서는 곧장 길을 돌아 짧은 꽃무늬 원피스로 갈아입었다. 유일한 원피스였다. 내 바로 옆 변속기에 놓인 손의 따뜻함이 피부에 느껴지도록 맨 다리로 있는 것이 좋았다.

키스를 했던 밤 후로도 그는 마치 아무 일도 일어나지 않았던 것처럼 행동했다. 나는 여전히 다케시와 유미를 돌보았고 깃털 역시 여전히 나에게 미소를 지어 주었다. 챔피언이 그녀에게 아무 말도 하지 않았던 것이다. 또한 여전히 내 몸을 바라보는 그의 시선을 느낄 수 있었다. 예전에 비해 덜하지도, 더하지도 않은 눈빛이었다. 단지 그는 이제 내 눈을 피했고, 우리 집 앞에 도착하면 서둘러 작별 인사를 할 뿐이었다. 마치 나를 두려워하는 것 같았다.

나는 내 몸을 사랑했다. 나르시시즘 같은 것이 아니었다. 설령 내 몸이 못생겼다 하더라도 다름없이 사랑했을 것이다. 내 몸은 절대 배신하지 않을, 함께 길을 걷는 동반자였다. 그리고 내가 보호해야만 하는 존재였다. 내 몸에서 새로운 감각들을 발견하는 것이 좋았다. 그리고 내가 느낄 수 있는 쾌락을. 달콤한 순간이 찾아오면 고통은 잊혔다.

부러진 갈비뼈의 기억은 이제 목화처럼 가벼워졌다. 반면 챔피언과 나눈 키스는 바로 전날 일처럼 너무도 생생했다. 그의 품에서 느꼈던 모든 순간을 세세하게 기억하고 있었다. 맥주 냄새, 그의 팔이 나를 죄던 힘, 내 입술 위에 놓인 부드러운 그의 혀. 나는 그 감각들을 불러왔고, 내 몸은 순순히 따랐다. 나는 그가 너무나 고마웠다.

일을 하지 않게 된 후로 아버지는 변했다. 예전보다 더 위험해졌으며, 더 약해졌다. 처음으로, 아버지 안에서 길 잃은 어린 소년이 보이는 듯했다. 술을 잔뜩 마신 저녁이면 클로드 프랑수아를 들으면서 우는 모습을 숨기려 하지도 않았다. 아버지는 안락의자에 좌초된 채 곰 가죽 위에 앉아 마치 그 죽은 짐승이 자신을 위로해 주길 기다리는 듯 흐느끼곤 했다.

아버지는 할머니와 다툰 후 아주 오랫동안 연락을 하지 않았다. 나는 할머니가 아직 살아 있는지조차 몰랐다.

외할머니는 나이가 많고 병들었으며, 어머니가 1년에 한 번, 권태와 포기와 썩은 버터 냄새가 풍기는 양로원으로 찾아가는 것이 전부였다.

아버지가 우는 모습을 보았을 때 나는 그 어린 소년에게는 포옹이 필요할 거라는 생각이 들었다. 두 팔로 안아 주거나 요람에 뉘어 주는 부모가 필요할 거라고. 그러나 여전히 아버지는 무서웠다. 거친 짐승은 결코 멀리 있지 않은 법이니까. 그래서 거리를 유지했다. 하지만 아버지가 고통받고 있다는 건 알 수 있었다. 아버지의 내면세계는, 애처로운 울부짖음이 차갑고 축축한 벽에 부딪혀 오래도록 울리는 중세의 고문실과 같았다.

아버지를 도울 수 없었다.

시간여행으로조차도. 내가 건드릴 수 없는 것들이 있는 법이다.

만약 아버지가 고통받지 않았더라면 그 삶은 달라졌을 것이다. 분명 어머니와 결혼하지도 않았을 것이며, 질도 나도 태어나지 못했을 것이다.

나는 심지어 아이스크림 할아버지의 죽음도 막지 못할 거라는 사실을 이해하기 시작했다. 시간을 되돌리려는 나의 의지는, 분명 아이스크림 할아버지의 사건으로 태어났으니까.

만약 아이스크림 할아버지가 죽지 않는다면 나는 타임머신을 발명하지도 않을 테니, 전형적인 타임 패러독스였다.

내 새로운 삶의 열쇠는 아마도 다른 사건이 될 것이다. 어쨌든 질을 구할 수만 있다면 그런 건 중요하지 않았다.

오직 질만이, 그 작은 젖니와 웃음만이 중요했다.

그 애는 이제 열한 살이 되었다. 우리는 더 이상 서로 말을 하지 않았다. 어쩌다 질이 나에게 말을 걸 때면, 대부분은 나를 모욕하기 위해서였다. 아니면 아버지를 웃게 하기 위해서라든가. 하지만 나는 어딘가에서 그 애가 아직 나를 사랑하고 있다는 것을 알았다. 한밤중의 게임 때 본 그 눈빛을 나는 잊지 않았다.

때때로 그 애에게 타임머신에 관한 계획과 물리학 수업, 영 교수님에 대해 들려주고 싶었다. 하지만 그래선 안 된다는 걸 잘 알았다. 너무 위험했다. 만약 아버지에게 이르면? 다른 무엇보다도, 질은 이해를 못했을 것이다. 또한 이야기를 하다 보면 내가 그 애를 사랑한다는 사실을 밝힐 수밖에 없을 텐데, 그런 말은 할 수 없었다. 그 애는 나를 비웃을 것이고 나는 상처받을 게 분명했기 때문이다.

그래서 나는 아무 말도 하지 않았다. 그저 계속 앞으로 나아갈 뿐이었다.

영 교수님은 내가 이제 가장 훌륭한 대학교에서 물리학을 배울 수준에 이르렀다고 했다.

그의 수업을 꾸준히 받은 지 2년째 되는 해였다. 아버지는 여전히 아무것도 몰랐다. 아버지가 놀이공원의 사무실에 있는 동안엔 수업 약속 잡기가 수월했다. 하지만 더 이상 그럴 수 없었다. 너무 복잡해졌다. 무엇보다도 아버지는 나를 지켜보고 있었다. 아버지는 지루했고, 하릴없이 매일을 보냈으며, 거의 항상 집에만 있었다.

사실 방학이 시작된 후로 집 밖에 나가는 사람은 나밖에 없었다. 숨 막히는 집 안의 공기가 우리 모두를 잘근잘근 씹었고, 아버지와 어머니와 질의 정신을 망가뜨리고 있었다. 집으로 들어서자마자 나를 삼켜 버리는 아버지의 턱을 느낄 수 있었다.

아버지는 점점 더 늦게 일어나기 시작했다. 그래서 나는 영 교수님과의 수업을 새벽에 시작해서, 아버지가 방에서 나오기도 전에 집으로 돌아갈 수 있도록 조정했다. 다행히도 영 교수님은 이해해 주었다. 그리고 아무것도 묻지 않았다.

야엘은 이성을 잃기 시작했다. 가끔은 한창 수업 중일 때 갑자기 식당으로 들어왔는데, 늙은 다리가 허락하는 한에서 재빨리 다가와 탄식하면서 나를 껴안았다. 그녀가 나를 통해 위안을 찾는 것인지, 아니면 나를 위로하고 싶었던 것인지 알 수 없었다. 아마도 둘 다였을 것이다. 예고 없이 나를 향해 튀어 오르는 가면에 나는 매번 놀라곤 했다.

야엘에게는 이상한 점이 있었는데, 유령이 바닥 위를 떠다니는 것처럼 전혀 소리를 내지 않고 움직인다는 것이었다. 그런 모습을 보면 정말로 진지하게, 그녀가 아직 살아 있는 사람일까 하는 생각이, 어쩌면 영 교수님과 내가 함께 보는 환영이 아닐까 하는 생각이 들었다. 그녀가 그렇게 위로를 주거나 받기 위한 발작을 일으킬 때면 우리는 잠시 수업을 멈추었다. 그리고 나는 불안과 연민이 뒤섞인 채, 그녀가 나를 얼싸안도록 놔두고 진정될 때까지 기다리곤 했다. 그녀에게선 좋은 냄새가 났다. 아마도 수분크림 향기였을 것이다. 보통은 야엘 스스로 진정이 되었고, 그럴 때면 조용히 탄식하며 방을 나갔다. 하지만 때로는 폭주하면서 감정을 억누르지 못했다. 탄식은 긴 비명으로 변했다. 그러면 교수님은 지난해 그랬던 것처럼 그녀를 작은 거실로 데려가 달래며 나에겐 들리지 않는 말들을 속삭여 주곤 했다.

그해 여름은 그렇게, 야엘의 비명 소리에 익숙해지는 것으로 시작되었다. 그리고 새벽 기상으로. 나는 아침에 일찍 일어나는 것이 좋았다. 마치 죽음에 맞서는 위대한 행진을 하는 기분이었다.

하지만 어느 날 아침, 이해할 수 없는 일이 일어났다. 어쩌면 내가 영 교수님 집에 너무 오래 머물렀을 것이다. 아버지가 좀 더 일찍 일어났을 수도 있고. 알 수 없는 일이다. 내가 집에 도착했을 때, 아버지가 이미 커피를 앞에 놓고 식탁에 앉아 있었다. 어머니와 질은 말없이 아침을 먹고 있었다. 내가 식당 문턱을 넘어서자 머리 셋이 나를 돌아보았다.

어머니는 창백했다. 나는 어머니에게도 영 교수님 댁에 가는 것에 대해 아무 말도 하지 않았다. 내가 거기 다닌다는 사실을 어머니가 기억하고 있는지도 알 수가 없었다. 평소라면 기억했을 테지만, 아버지의 분노가 커진 후로 어머니의 뇌는 점점 더 망가졌다. 바로 그 순간, 그곳에서, 어머니는 겁에 질려 있었다. 평소보다 더.

동생은 피곤해 보였고 언제나처럼 그 모든 일에서 거리를 두었다.

그 애가 자기 시리얼 그릇에 다시 코를 박자 긴 머리카락이 그 애의 갸름한 얼굴을 감쌌다.

아버지의 입 모양이 이상하게 뒤틀렸다.

"어딜 갔다 오는 거냐?"

아버지는 거짓말을 알아챌 것이다. 나는 알 수 있었다. 또한 아버지는 과학이 내 정신에 불어넣은 열정을 느낄 수 있을 것이다. 아버지의 영혼은 나의 영혼과 연결되어 있었고, 내가 생생하게 살아 있는 것을 보았다. 아버지가 상상할 수 없을 만큼 생생하게 살아 있는 것을. 하지만 나는 거짓말을 해야만 했다. 다른 선택은 없었다.

"도프카랑 산책하고 왔어요."

"거짓말."

어머니가 의자에서 몸을 움츠렸다. 쪼그라든 건포도 같았다. 하얗게 질린 건포도도. 어머니가 두려워하는 이유가 나 때문인지, 어머니 자신 때문인지 알 수 없었다.

"아니에요, 정말이에요……."

"이리 와."

나는 식탁을 향해 두 걸음 다가갔다. 아버지에게서 1미터도 떨어져 있지 않았다.

아버지에게서 어떤 슬픈 존재가 느껴졌다. 무슨 일이 일어날지 몰라 그 안의 어린 소년이 두려워하고 있었다. 하지만 소년은 사형 집행인의 몸속에 갇힌 죄수였다.

"더 가까이 와, 앉아라."

친절한 목소리였다. 거의 부드러움이 느껴질 정도였다. 하지만 나는 알고 있었다. 아버지는 절대로 보지 말았어야 할 것을 보았다. 나의 힘을.

나는 식탁 앞에, 아버지가 가리키는 의자에, 아버지 옆에 앉았다.

"그래서? 아가씨는 여기, 우리보다 자기가 더 똑똑하다고 생각하는 건가?"

어머니는 너무 긴장해서 만약 누가 건드리기라도 하면 스테인드글라스처럼 깨끗하게 부서져 버릴 것 같았다.

질이 일어나서 식당을 나갔다.

갑자기 갈비뼈의 통증이 되살아났다.

바로 옆에서 아버지가 온몸으로 나를 누르고 있는 것이 느껴졌다. 이미지는 매우 선명했다. 30미터는 되는 거대한 파도에 맞서 홀로 해안에 서 있는 모습. 나는 절망적일 만큼 연약했다.

"엉? 우리 따윈 우습지, 그렇지?"

아버지가 개처럼 낮게 으르렁거리며 거의 알아들을 수 없는 목소리로 말했다.

커다란 손이 내 목으로 올라오더니 갈고리처럼 닫혔다.

"그래? 왜 대답이 없을까, 응?"

나는 무언가 말하려고 해 보았지만 이미 목이 세게 조인 뒤였다.

"니가 잘난 체하는 걸 내가 못 본다고 생각하냐, 엉? 니가 우리보다 잘난 줄 알지?"

아버지가 자리에서 일어났고 나를 새끼 고양이처럼 들어올렸다.

도프카가 짖기 시작했다.

더 이상 숨을 쉴 수가 없었다. 손이 나의 외경정맥을 압박해서 피가 뇌에 산소를 주러 가지 못하고 있었다. 그렇게 잠시 살아 있다가 거기서, 당장, 죽을 것만 같았다. 아무것도 생각할 수가 없었다. 나는 그저 전투에서 질 것을 알면서도 죽음으로부터 도망치려고 허우적대는 생물일 뿐이었다. 얼마나 되었는지 알 수 없는 순간 동안, 내 몸은 그렇게 버둥거렸다.

아버지는 나에게 계속 말하고 있었다. 사실, 소리를 지르고 있었던 거라고 지금은 생각한다. 하지만 그때는 듣지 못했다. 머리에 피가 너무 많이 몰려 있었다. 갈고리가 내 목을 놓아 바닥에 내동댕이쳐지자 알 수 있었다. 갑자기 소리가 돌아왔던 것이다. 아버지는 고함을 지르고 있었다.

"더러운 년! 이런 식으로 언제까지 나를 엿 먹일 수 있을 거라고 믿었냐?"

아버지는 나를 모욕하며 울부짖었다. 나는 몸을 웅크리고 주먹을 기다렸다. 하지만 모욕은 아버지의 분노를 가라앉히기에 충분했다.

"꺼져, 꼴 보기 싫어. 이 개새끼가 또 짖으면 걷어차 버릴 테다."

나는 몸을 일으켰고 도프카와 함께 방으로 도망쳤다.

나는 침대로 피신했다. 나는 아마도 울지 않을 것이었다. 한밤중의 게임 이후 나는 더 이상 울지 않았다. 내 안에서 어떤 것이 화석처럼 굳었다. 나쁜 신호 같았다. 나는 먹잇감이나 희생자가 되고 싶지 않았다. 살고 싶었다. 정말로 살아 있고 싶었다. 감정을 느낄 줄 아는 존재로. 나는 울려고 애써 보았다. 그래야만 할 것 같았다. 그래야 내가 살아 있음을 느낄 수 있을 것 같았다. 나는 내 안의 샘을 되찾기 위해 깊이 파고 들어갔다. 오랫동안 팔 필요는 없었다. 짠 눈물이 솟아올라 베개를 흠뻑 적셨다.

도프카가 내 배에 바짝 붙었다.

숲에서 돌아온 이후 공포는 절대로 내 곁을 떠나지 않았다. 상처 입은 동물을 쫓는 포식자처럼. 그 사실을 무시하고 앞으로 나아가려 했지만, 공포는 언제나 거기, 내 안에 머물러 있었다.

어머니가 저녁 준비를 도우라며 부를 때까지 방에서 나가지 않았다. 하루가 저물어 가고 있었다.

소고기 타르타르. 또 고기였다. 어머니는 나에게 샐러드에 뿌릴 식초 소스를 준비해 달라고 했다. 나는 식초 소스를 꽤 잘 만들었던 것 같다.

거실에서 뉴스 소리가 들려왔다.

공금 횡령과 부패에 대해 보도하고 있었다.

아버지가 말했다. "망할 놈의 정치인들. 모조리 마을 광장으로 끌고 와서 불을 질러 버려야지. 그럼 우리한테 싹싹 빌 테지……."

어머니가 말했다. "식탁으로 와요!"

동생이 내려왔다.

우리는 말없이 밥을 먹었다.

나는 매일 도프카와 산책을 했고, 챔피언의 집 앞을 지나갈 때마다 혹시 그를 볼 수 있지 않을까 희망을 품었다. 가끔은 볼 수 있었다. 잔디를 깎고 있거나, 아이들과 함께 막 집으로 돌아왔거나, 장 본 것을 차에서 내리고 있었다. 나는 그에게 살짝 손을 흔들어 인사했다. 그것으로 충분했다. 하지만 한 번의 마주침과 한 번의 미소, 그리고 한 번의 키스에 혼란스러운 희망은 날마다 커져만 가고 있었다.

그가 이제껏 나에게 준 것으로 충분했다. 나는 기다릴 수 있었다. 조그마한 뼈에 붙은 살을 한 점 한 점 발라내듯 그와 함께 보냈던 모든 순간들을 조금씩 갉아먹으며.

어느 날 저녁, 아이들을 돌보고 있을 때였다. 깃털과 챔피언이 평소보다 조금 일찍 돌아왔다. 그녀는 피곤하고, 조금은 슬퍼 보였다. 여름이 끝나 가고 있었다. 익숙해져 버린 햇볕과 더위가 영원히 계속될 거라 느껴지는 8월의 어느 저녁이었다. 옷장을 열고 우연히 방한 부츠나 따뜻한 웃옷을 발견하면 도대체 어떤 상황에서 이런 것들이 필요한지 혼란스럽게 바라보게 되는, 남은 삶을 반바지와 티셔츠, 그리고 끈 샌들과 함께 보낼 거라고 믿게 되는 그런 저녁이었다.

평소와 다름없이 깃털이 들어와 나에게 돈을 주었고, 평소와 다름없이 챔피언은 차에서 나를 기다렸다.

나는 그의 옆에 앉았다.

"안녕하세요."

"안녕."

"잘 지내셨어요?"

"응, 물론, 항상 그렇지."

그가 차를 우리 집 담장 옆에 세웠다. 그리고 시동을 껐다. 예전에는 한 번도 그렇게 하지 않았다.

그가 내 발치에 있는 도프카를 쓰다듬었다.

"도프카는 어때?"

"아주 잘 지내요."

"지금 몇 살이지?"

"네 살이에요."

그의 손이 개의 머리에서 미끄러지더니 내 팔뚝으로 향했다.

"학교를 졸업하고 나면 뭘 할 거니?"

그의 손가락이 내 팔꿈치 안쪽에 닿았다.

"여행이요."

"아, 좋지, 여행. 어디로 가고 싶어?"

그의 손가락들이 내 팔을 어루만지다가 어깨로 올라왔다. 나는 움직일 수가 없었다. 그가 멈출까 봐 겁이 났다. 그가 가 버릴까 봐 겁이 났다. 나 자신을 더 이상 억누르지 못할까 봐 겁이 났다.

나는 생각도 하지 않고 대답했다. "모르겠어요. 아무 데나요. 그냥 멀리 떠나고 싶어요."

그의 손가락이 멈추었다. 내 대답을 거절로 받아들인 듯했다. 그가 살짝 찡그리듯 미소를 지었다.

"하, 그래, 그럼 잘 자라……. 또 보자!"

나는 그가 멈추길 바라지 않았다. 하지만 말할 수 없었다. 차에서 내릴 수도 없었다. 내 감각은 여전히 생생했다.

나는 덤벼들 듯 그에게로 향했다. 바다 한가운데서 부표를 붙들 듯 내 손이 그의 어깨를 꼭 붙들었고, 얼굴이 그의 얼굴에 바짝 다가갔다. 우리의 입술은 마치 우리에게서 벗어난 어린 동물들처럼 서로를 되찾아 얽혔다. 마치 축제 같은 키스였다. 내 몸의 세포 하나하나가 기쁨의 눈물을 흘리는 것이 느껴졌다. 아마도 정말로 울었을 것이다. 그가 내 뺨을 만졌고, 내 눈물을 느꼈으며, 나를 보기 위해 입술을 떼었다.

"괜찮아?"

나는 고개를 끄덕이고는 그의 뺨에, 눈에, 입에, 목에 키스했다.

그가 차 문을 열고 내 손을 잡고는 우리 집을 빙 돌아서 프티팡뒤 숲으로 데리고 갔다. 아주 오래전부터 나는 숲에 가지 않았다. 모니카와 마주치고 싶지 않았다. 처음에는 화가 났다. 하지만 곧, 그녀를 보러 가지 않는 것에 조금 죄책감을 느꼈던 것 같다. 그런 다음엔 시간이 흐를수록 더욱 미안했고 더욱 불편해졌다. 그래서 나는 도프카와 함께 마을 다른 쪽 언덕으로 산책을 갔다. 그 길은 챔피언의 집 앞을 지나갔기 때문에 그를 볼 수도 있었다.

그는 나를 나무 곁으로 데려가 밀어붙였다. 지난해처럼 그의 혀가 내 입술을 쓰다듬었다. 그리고 그때와 똑같이 '으으음.' 하고 작게, 욕망이 담긴 신음을 뱉었다. 하지만 이제 그는 거부하지 않았다. 그의 손이 내 배를 지나, 간절히 기다리고 있던 부드러운 내 가슴에 닿았다. 내 입술은 그의 피부를 탐했다. 조금은 짭짤한 광물질의 맛. 나는 모든 것을 욕망했다. 내 피부에서부터 내 안 깊숙이까지, 모든 곳에서 그의 손가락을 느끼고 싶었다. 내 살 너머, 내 배너머, 내 폐 너머, 내 머리 너머에서 그의 손길을 느끼고 싶었다. 내 살과 근육과 내장이 그의 손을 받아들일 수 있도록 활짝 열려야 했다. 그의 손이 내 따뜻한 피를 느끼고, 내 뼈를 움켜쥐고 부러뜨리기를 바랐다. 나는 부숴지고, 삼켜지고, 파괴되어야만 했다.

그가 망설임 없이, 어쩌면 거칠게, 내 허리를 붙들더니 뒤돌려 세웠다. 내 얼굴은 나무껍질과 마주 보았다.

벨트 푸는 소리가 들렸다. 그가 원피스 속으로, 엉덩이 위로 손을 넣어 내 작은 팬티를 내렸다.

그의 살이 내 안으로 들어왔다. 조금 아팠다. 배가 오그라들었다. "부드럽게 할게." 그가 몸을 앞뒤로 움직였다. 우리는 거기, 프티팡뒤 숲에 있었다. 하이에나로부터 멀지 않은 곳에. 그의 숨결이 목덜미에 닿았다. 내 배가 비명을 질렀다. 깃털이 분명 그를 기다리고 있을 텐데. 다시 한 번, 고통이 찾아왔다.

그의 몸에서 긴장이 느껴졌다. 그의 손이 내 엉덩이를 꽉 움켜쥐자 손가락이 살 속으로 파고들었다. 그의 목구멍이 신음 소리를 내면서 허리가 거칠게 떨렸다. 그리고 근육의 긴장이 풀어졌다. 길들지 않은 말 같은 그의 몸뚱어리가 내 위로 무너지며, 정복되었다.

그는 잠시 그렇게 움직이지 않다가 자신이 어디 있는지를 떠올렸고, 옷을 입었다.

그가 피를 보았다.

"처음이었어?"

나는 대답하지 않았다.

"왜 말 안 했어?"

나는 대답하지 않았다.

"미안, 이제 정말로 가 봐야 해서."

"괜찮아요, 이해해요."

그리고 그는 떠났다.

나는 몇 분 정도 그대로 나무둥치에 앉아 있었다.

달빛이 양탄자처럼 깔린 낙엽을 비추었다. 주변을 둘러
보러 갔던 도프카가 돌아와 내 손에 코를 박으며 옆에 누
웠다.

나는 이 저녁이 챔피언에게 어떤 의미일지 생각하고 있
었다. 나에게도 무엇을 의미하는지. 그리고 내가 무엇을
바라는지. 나는 여기, 이 나무 아래에서 다시 그와 사랑을
나누고 싶었다. 그런 다음 그의 팔에 안겨 잠들고 싶었다.
무기 없이, 벌거벗은 채. 하이에나로부터 벗어난 안전한
피난처가 될 것이었다. 하지만 난 그에게 속하기를 원치

않았고, 그가 나에게 속하기도 원치 않았다. 나는 맹세도, 약속도 바라지 않았다. 오직 우리 몸이 만나 기쁨으로 넘치기를 바랐다. 나는 그를 사랑했다. 죽을 때까지 사랑할 것이다. 변함없고 충실한 사랑이었다. 나와 질을 잇고 있는 것과 같은 충실함이었다. 그들을 위해서라면 목숨을 버릴 수도 있었다. 단 하나, 둘 사이에 다른 점이 있었다. 챔피언에게는 내가 필요 없지만, 내 동생의 진짜 삶은 나의 여행에 달려 있다는 것이었다.

뱀처럼 가느다란 예쁜 구름이 달을 지나 흘러갔다.

나는 괜찮았다. 이제 막 여기에서 내가 살아 낸 것이 무엇인지 나는 잘 알고 있었고, 그 누구도 그것을 빼앗아 갈 수 없었다. 중요한 것은, 사랑을 나누는 것이 아니었다. 솔직히 조금 실망하기는 했다. 내 몸이 기다렸던 그런 황홀감은 아니었다. 하지만 나는 챔피언과 연결되었다. 그것이 중요했다. 그리고 그에게 역시 중요할 것이라고, 나는 확신했다.

내 앞에서 무엇인가가 움직였다.

보았다기보다는 느낀 것이지만, 확신할 수 있었다. 누군가 나를 지켜보고 있었다. 내가 있던 곳은 우리 집 쪽을 향하고 있었다. 숲은 대문, 염소 우리, 정원, 그런 다음 테라스를 향해서 완만하게 내려갔다. 파라솔이 푸른 돌 위로 커다란 그림자를 드리워, 뚫을 수 없는 그 어둠 속으로 테라스가 반쯤 잠겨 있었다.

움직인 것이 무엇인지 알아보기에는 너무 멀었지만, 누군가가 있다는 확신이 들었다.

그, 혹은 그녀 역시 너무 멀고 어두워서 우리를, 나와 챔피언을 볼 수 없었을 것이다. 하지만 만약 나의 아버지라면, 아버지의 영혼은 나의 영혼과 아주 긴밀하게 연결되어 있었다. 여기에 생각이 미치자 얼음장 같은 검은 돌풍이 휘몰아쳐 내가 이제 막 살아 낸 기쁨을 멀리 쫓아 버렸다. 아득한 공포가 척추를 따라 길게 미끄러지며 폐에 침범했다. 아버지의 눈을 느낄 수 있었다.

그가 거기 있었다. 이젠 조금도 의심할 것 없었다. 아버지는 사냥꾼의 육감으로, 나를 보지 않고도 볼 수 있었다. 붉은 눈동자와 벌어진 턱, 그가 거기 있었다. 자기 옆에 앉아 있는 하이에나를 쓰다듬으면서. 그는 나의 기쁨을 보았고, 그 기쁨을 말살하려는 생각에 침을 흘리고 있었다.

내가 지난 몇 해 동안 일구어 온 왕국이었다. 아버지의 분노로부터 숨을 곳이었다. 영 교수님과 챔피언, 깃털, 다케시 그리고 유미와 함께 지어 온 왕국이었다. 그 안은 견고하고도 비옥했다. 아버지는 지금껏 아무것도 보지 못했다. 내가 소중한 보물들을 메마른 회색빛 장식 뒤에 숨겨 놓았으니까. 이제, 그는 알았다. 장식은 떨어졌고, 그는 모든 것을 보았다. 그리고 보물을 약탈할 것이다. 어쩌면 심지어 나를 죽일지도 몰랐다. 그러면 이제 그 일을 해낼 수 없겠지. 질의 삶이 달렸는데. 지난 5년, 그 애의 웃음, 그리고 바닐라 딸기 아이스크림.

집으로 돌아갈 수는 없었다. 영 교수님 집, 아니면 챔피언의 집으로라도 도망칠까 하고 생각해 보았다. 하지만 그저 문제가 미뤄지는 것일 뿐이었다.

내 생각에 대답이라도 하듯, 아버지의 목소리가 어둠을 갈랐다.

"도프카!"

나는 미처 도프카를 붙잡지 못했고, 그 작은 몸은 내 곁을 떠나 집을 향해 달렸다. 즐겁고 힘차게.

나는 외쳤다. "도프카! 안 돼! 도프카!"

도프카는 내 말을 듣지 않았다. 아니면 들리지 않았거나.

도프카는 나의 한 조각이었다. 가장 순수한 조각. 아버지는 그 사실을 알고 있었다. 도프카가 아버지의 손아귀에 낚아채였다. 나는 파라솔 아래 그의 시커먼 미소를 느낄 수 있었다.

나는 벌떡 일어나 언덕을 급히 뛰어 내려갔다. 어깨가 몸의 중심보다 앞으로 쏠리면서 구를 듯 넘어졌다.

대문 앞에 다다랐지만 도프카는 이미 뛰어 들어가 버린 후였다.

너무 늦었다, 알고 있었다. 나는 아버지의 덫에 걸려 버렸다. 염소 우리 옆을 지나갔다. 염소들은, 그 멍청한 녀석들은 잠들어 있었다.

나는 계속 나아갔다.

아버지의 형체가 회색빛 벽 앞으로 선명하게 드러났다. 그는 일어서 있었다. 도프카를 안고. 술주정뱅이의 모습이 선명하게 떠올랐다. 4년 만에, 똑같은 상황을 다시 겪고 있었다. 아니, 완전히 똑같지는 않았다. 오늘은 날 보호해 줄 사람이 아무도 없었다. 그 어느 때보다도.

나는 아버지에게서 2미터 남짓 떨어져 있었다. 한 번도 본 적 없는 눈빛이었다. 아버지가 분노를 억누르지 못했을 때조차 보지 못했던 눈빛이었다. 어머니를 때릴 때 아버지에게서는 마치 어쩔 수 없이 분노에 따를 수밖에 없는, 사로잡힌 죄수와 같은 슬픔이 느껴졌다. 하지만 지금, 아버지는 달랐다. 하이에나였다. 하이에나가 모든 주도권을 쥐었다. 박제된 몸에 갇혀 몇 년 전부터 준비해 온 계획을 완수하려 하고 있었다. 하이에나는 몹시 기뻐했다. 아버지의 입이 열리며 아래턱이 마치 웃는 것처럼 움직였다. 하지만 아무 소리도 없었다. 그의 입이 커다랗게 열렸다가 살짝 닫혔고, 그런 다음 또다시 열렸다. 마치 공기를 씹는 것 같았다. 음산한 미소를 띤 채.

아버지의 커다란 손이 내 작은 개의 목덜미를 꽉 움켜쥐었다.

개는 숨이 막히기 직전인 듯 갸르릉거렸다. 작은 몸이 버둥거렸다. 바로 며칠 전 내 몸이 그랬듯, 도프카의 발은 자신에게 다가오는 것으로부터 멀리 도망가려고 애쓰며 허공을 갈랐다. 만약 내가 아무것도 하지 않는다면, 그 일이 매우 빨리 닥칠 거라는 사실을 나는 깨달았다.

나는 생각할 겨를도 없이 앞으로 뛰쳐나가 아버지에게 덤벼들었다. 그리고 아버지의 손목을 물었다. 숲속에서 뚱땡이 꼬마 녀석의 아버지를 물었을 때보다 훨씬 힘껏. 내 앞니가 깊숙이 파고들어 뼈까지 완전히 닿았다.

내 앞니에 정맥이 잘렸고, 혀 위로, 이어서 목구멍으로 피가 흘러들었다. 횡격막이 경련을 일으켰지만 간신히 구역질을 참았다. 아버지는 도프카의 목을 놓지 않았다. 다른 한 손으로는 내 머리카락을 잡아 세게 당겼다. 두피가 벗겨지는 것만 같았다. 하지만 내 두피는 버텼다.

나는 더욱 세게 물었다. 오로지 내 턱의 힘으로 아버지의 손을 잘라 버리고 싶었다. 문득 우스운 생각이 머릿속을 스쳤다. 지금 아버지를 물고 있는 내 입이, 불과 15분 전에는 챔피언과 키스를 하고 있었다는 생각. 내 몸이 순식간에 욕망의 도구에서 고통의 도구로 옮겨 갔다는 생각.

아무도 무엇도 놓지 않았다. 아버지의 손도, 내 이도, 내 머리카락도. 그래서 나는 주먹으로 할 수 있는 한 힘껏, 앞뒤 안 가리고 마구 때리기 시작했다. 아버지를 아프게 할 수 없다는 것은 알고 있었다. 하지만 도프카를 놓아주고 오로지 나만 상대하도록 결심하게 할 만큼 짜증을 돋울 수는 있었다.

효과가 있었다. 내 이 아래에서 힘줄이 움직였다. 파란 돌 위로 작은 몸뚱어리가 떨어져 부서지는 소리가 들렸다.

여전히 내 머리카락을 잡고 있는 손이 그의 입 가까이

내 귀를 바짝 끌어당겼다. "그래, 이런 식으로 놀고 싶다 이거지……." 아버지가 낮게 으르렁거렸다.

그러고는 내 얼굴을 떼어 놓고 주먹으로 뺨을 때렸다. 그가 머리카락을 놓자 내 몸은 바닥으로, 도프카 옆으로 내동댕이쳐졌다. 도프카는 움직이지 않았다. 도프카가 아직 살아 있는지 미처 확인할 사이도 없이, 나는 팔 사이로 얼굴을 묻어 보호해야만 했다.

아버지의 발이 배에 와 박혔다. 딱딱하고 커다란 사냥 부츠를 신은 발이었다. 첫 번째 발길질에 순간 숨이 멎었다. 내 내장을 짓이겨 곤죽을 만들고 싶은 듯 다음 발길질이 이어졌다. 내 입을 가득 채운 피의 비릿한 철 맛이, 이것이 나의 마지막이라고 말하는 것 같았다. 나는 손으로 배를 보호하려고 했다. 하지만 아버지가 내 머리를 붙들었다. 커다란 손이 턱을 움켜쥐자 손가락이 볼을 파고들었다. 아버지는 내 얼굴을 부서뜨리고 싶어 하는 것 같았다. 내 존재와 정체성을 산산조각 내고 싶어 하는 것 같았다. 나는 맞서 싸우고 싶었지만, 아버지는 너무 빨랐다. 아버지가 또다시 주먹을 날렸고, 내 이마가 돌에 가 부딪혔다. 아주 세게. 그 충격이 벚나무 뿌리까지 울렸다. 피가 흐르는 것이 느껴졌다. 나는 몸을 웅크렸다.

공포에 질린 어머니가 그 모든 것이 지나가길 기다리면서 바로 그런 자세로 웅크리고 있는 모습을 수없이 많이 보았다. 하지만 나는, 무기력하게 있을 수 없었다. 나는 어머니가 아니었다. 질이 있었다. 그리고 내 안 깊숙이 잠들어 있던 짐승이 이제 막 깨어났다. 굉장히 화가 난 채. 진짜였다. 나는 그것이 헐떡이는 소리를 들었다. "지난번에 분명히 해두었다고 생각했는데, 젠장." 짐승은 다시 한 번 새끼들을 토해 냈다. 그 녀석들은 아버지의 폭력과 챔피언이 이제 막 나에게 준 힘으로 자양분을 얻었다. 챔피언과 사랑을 나눌 때 전해진 힘이 아니었다. 과학적으로 그런 것이 불가능하다는 사실은 알고 있었다. 하지만 바로 그 순간, 나는 믿었다. 챔피언의 힘이 내 안에 살아 있었다. 그의 몸은 내 것이었다. 내게는 강한 근육이 있었고, 챔피언만큼 훈련되어 있었다. 아버지는 그에 맞설 수 있을 만큼 강하지 않았다.

아버지가 내게로 몸을 숙였다. 무엇이 기다리고 있는지 조금도 의심하지 않고. 나의 주먹, 혹은 챔피언의 주먹, 아니면 다른 어떤 것이 튀어 올랐다. 눈앞의 코뼈에서 '빠직' 하는 소리가 들렸다. 아버지가 연철 테이블 위로 나자빠졌다. 내 손가락 끝에서 생생하게 느껴지는 손톱으로 아버지의 얼굴을 찢었다. 손톱 아래 와 박히는 살점들이 느껴졌다. 아버지가 놀란 틈에 나는 집 안으로 도망쳤다. 그리고 부엌으로 갔다. 맨손으로는 그리 오래 버틸 수 없다는 것을 잘 알았다.

이마에서 흘러내린 피가 오른쪽 눈을 덮쳤다. 나는 더듬더듬 앞으로 나아갔다.

조리대 위에는 나무로 만든 칼꽂이가 있었다.

고기를 써는 커다란 칼을 뽑는 순간 아버지가 현관문을 지났다. 고기를 써는. 이 말이 뇌리에 와 박혔다. 나는 아버지를 보았다. 아버지는 칼을 보았다. 아버지의 코와 뺨에 난 기다란 상처에서 핏줄기가 흐르고 있었다. 아버지는 잠깐 놀라는 듯했지만, 곧 비웃었다. 그 게임이 마음에 드는 모양이었다. "그걸로 어쩌려고, 딸아?" 핏줄기가 입술을 향해 모여들었다. 아버지의 이가 빨개졌다.

바로 그때, 어머니가 들어왔다.

"당신이 이 애를 이렇게 잘 키웠어, 보여? 당신 딸이? 숲에서 섹스를 하더니 이젠 아빠를 죽이려고 하네."

왜인지는 알 수 없지만, 후줄근한 스웨터로 갈아입는 것을 잊고 아버지 앞에 꽃무늬 원피스 차림으로 서 있다는 데 문득 생각이 미쳤다. 나의 마지막 걱정이 겨우 옷차림이라니. 하지만 그 순간엔 그게 정말로 중요하게 여겨졌다.

나는 움직이지 않았다. 아버지는 나와 칼에서 1미터 정도 떨어져 있었다. 아버지 역시 움직이지 않았다. 내 시야 바깥쪽에 있었기 때문에 분명하게 보이지는 않았지만, 어머니가 어떤 표정이었는지는 알 수 있었다. 어머니는 입을 벌리고 눈을 크게 뜬 채, 눈앞에 펼쳐진 격렬한 공포에 질려 있었다. 스탠리 큐브릭의 「샤이닝」 속 웬디처럼.

어머니는 무엇을 바랐을까?

나는 칼을 앞으로 뻗었다. 실패하지 않고 확실하게 찌르려면 어떻게 해야 할까 생각했다. 두 번째 기회는 없다는 것을 잘 알았다. 강하고, 분명하고, 치명적인 단 한 방이어야 했다. 나는 아버지와 아버지 안의 하이에나를 보면서 모든 변수를 가늠해 보았다. 그리고 내 혈류를 통해 휘몰아치며 올라오는 얼음장 같은 목소리를 무시하려고 애썼다. 그러나 그 목소리는 내 안의 생명체보다 더욱 강하게 나를 압도했다.

살아 있는 생명을 칼로 찔러서는 안 돼. 나의 본능이, 나를 인간으로 살아가도록 하는 저 근본적인 조건이, 수천 년 동안 인류가 일구어 온 문명이, 내겐 그럴 권리가 없다고 울부짖고 있었다. 죽음보다 더욱 나쁜 일이라고. 나는 그런 짓을 할 수 없는 사람이라고.

이 칼날.

내 10대는 갈가리 찢겼다. 아버지에게 품은 화산 같은 증오. 사형집행인 같은 아버지의 손. 종기처럼 곪은 그의 숨결. 아버지가 나에게 단 한 번도 해 준 적 없는 사랑의 말들. 어머니의 비명. 질의 웃음. 도프카.

너무도 무거웠지만, 아무런 무게도 없는 것들.

나는 무척 피곤했다. 너무도 피곤해서 모든 것을 끝내고 싶을 정도였다. 여기, 이 부엌에서. 나는 항복할 준비가 되어 있었다. 아버지가 옳았다. 먹잇감은 결국 항복한다. 그리고 죽음을 간청한다. 사냥꾼이 그를 자유롭게 한다.

아버지도 알아차렸다. 그가 나에게 다가오며 비웃었다.

"내 딸. 내 어린 딸."

나는 지금 죽을 것이다. 빨리 끝나길 바랐다. 깔끔하게 끝내 주길 바랐다. 나는 어머니가 그 자리를 떠나기를, 내 모습을 보지 않기를 기도했다. 영 교수님에게도 죄송했다. 그가 나에게 지식을 전해 주었던 그 모든 시간이 지금 사라지려 하고 있었다.

나는 아버지를 보았다. 어째서인지 내 안 어디엔가는 아버지가 갑자기 달라질지도 모른다는 희망이 여전히 남아 있었다. 진짜 아버지가 될지도 모른다고. 하지만 오로지 포식자만 보일 뿐이었다.

아버지의 손이 내 손을, 칼을 쥐고 있는 내 손을 잡았다. 내 손가락 위로 그의 따뜻한 피가 느껴졌다.

"넌 너무 약해, 내 어린 딸."

그가 칼을 가져갔다. 내 손가락은 저항할 수 없었다.

목에서 칼날이 느껴졌다.

나는 생각했다. '이렇게. 알았어.'

두렵지 않았다. 나는 약하지 않았다. 이것만은 알 수 있었다. 나는 열다섯 살에 내 죽음을 받아들였다. 나는 삶이 나에게 선사한 그 모든 경이로움을 보았다. 공포를 보았고, 아름다움을 보았다. 그리고 아름다움이 승리했다. 나는 약하지 않았다. 나는 질을 영원히 잃는다는 사실을 받아들였다. 그 아이를 구하기 위해 다시 돌아오지는 않을 것이다. 나는 약하지 않았다. 나는 먹잇감이 아니었다.

내 경동맥을 그어 버리기 위해 아버지의 얼굴이 나에게로 바싹 다가왔다.

어머니 곁으로 또 다른 형체가 나타났다. 아버지가 고개를 돌렸다. 질이 권총으로 아버지를 겨누고 있었다. 나는 무기에 대해서는 아무것도 몰랐지만, 아버지의 표정으로 봐서는 장난감이 아니었다.

그 총은 내 동생의 작은 손 안에서 너무 커다래 보였다.

질은 겨우 열한 살이었다. 아이였다. 순간 그 애가 너무도 작아 보였다. 그저 어린 소년이었다. 그 애가 들고 있는 무기를 보니 바닐라 딸기 아이스크림이 떠올랐다. 5년 전이었다. 나는 그 사고 이후 처음으로 질을 다시 만났다. 그 애가 거기 있었다. 내 어린 동생. 그 애의 머릿속에서 우글거리던 무리는 이제 사라진 것처럼 보였다.

질은 울고 있었다. 하지만 손은 떨지 않았다. 저항군이 그 애 머릿속의 통제권을 되찾았다. 나는 그들의 마을에서 들려오는 승리의 함성을 들을 수 있었다.

아버지가 나를 놓았다.

"질, 그거 이리 다오."

아버지는 마치 길들이던 맹수들을 더 이상 통제할 수 없게 된 정복자 같았다.

"질!"

질은 움직이지 않았다.

"질, 쏴!"

어머니였다. 어머니가 그렇게 말했다고? 정말로?

아버지가 어머니를 바라보았다.

그렇다, 정말이었다.

만약 아버지가 죽지 않는다면, 그 말 때문에 자신이 죽을 거라는 사실을 어머니는 알고 있었다. 하지만 어머니 역시, 너무 지쳐 있었다. 무언가가 끝이 나야만 했다. 사실 아마도 우리 넷 모두가 동의하는 유일한 것일 터였다. 이 가족을 끝내야 한다는 욕망.

우리가 함께 보낸 행복한 순간이 단 한 번이라도 있었는지 생각해 보았다. 이탈리아 어딘가 호숫가에서 보낸 휴가가 떠올랐다. 나는 아마도 일곱 살이거나 여덟 살이었을 것이다. 예쁜 마을을 산책하고 있었다. 돌다리 위에 다다랐을 때 아버지는 강 사진을 찍었다. 그때 우리 뒤편에서 한 남자가 자기 아들을 불렀다. 황소라도 키울 것처럼 몸집이 커다란 남자였는데 목소리가 우스웠다. 가느다랗고 날카로운 그물에 목이 죄인 듯한 목소리였다. 감기에 걸린 어린 염소 같았다. 어머니와 아버지는 웃음을 터뜨렸다. 함께. 질과 나도 따라 웃었다. 아이들이 그러하듯 질은 이유도 모르면서, 단지 어른들 세계에 속해 있다고 느끼고 싶어, 따라 웃었다. 그 남자는 우리가 자신을 놀리고 있다는 것을 알아차렸다. 우리는 얄미운 학생들처럼 웃으면서 골목길을 향해 자리를 떴다. 그런 즐거운 순간도 분명 있었다. 하지만 너무도 덧없이 사라져, 그저 우연히 만난 행복이었던 것만 같았다.

그리고 그날 저녁, 우리 가족은 사라질 것이었다.

어머니의 명령은 무의미했다. 질은 이미 결정을 내렸다. 아버지는 깨달았다. 모두가 깨달았다.

질이 쏘았다.

먼저 칼이 리놀륨 바닥에 떨어지는 메마른 소리가 들렸다. 아버지의 몸이 뒤따랐다. 예전에 그 자신이 박제된 몸들을 시체들의 방에 펼쳐 놓았던 것처럼, 아버지는 부엌 바닥에 쓰러졌다.

하지만 아직은 죽지 않았다. 질은 그의 배를 쏘았다. 아버지의 커다란 몸뚱어리가 고기잡이배 바닥에 던져진 물고기처럼 퍼덕거렸다. 아버지는 쏟아지는 피를 두 손으로 막으려고 애썼다. 그 어느 때보다도 동물처럼 보였다. 우리는 모든 신체 기관이 생존을 위해 투쟁하는 거대한 자연의 질서 속에 있었다. 아버지의 몸은 저항했다. 자신의 소멸을 거부하고 있었다.

실패하기에는 질의 사격 솜씨가 너무 좋았다. 그 애는 자기가 어디를 쏘았는지 정확하게 알았다. 질은 아버지가 생의 최후에서 단말마의 고통을 느끼기를 원했던 것이다.

피 냄새가 퍼졌다. 그 미지근하고 메스꺼운 냄새.

아버지의 눈동자가 이리저리 굴렀다. 흰자위만 보이는 할로윈 가면 같았다.

입에서는 피가 섞인 거품이 흘렀다.

어머니가 두 손으로 입을 막고 아버지를 바라보았다.

질은 마치 길에 굴러다니는 낙엽 더미를 쓸어 치우기라도 한 듯, 이제 막 모두를 위해 쓸모 있는 임무를 완수한 사람처럼 만족스러운 얼굴이었다.

나는 그것이 멈추길 바랐다. 당장.

"질, 끝내, 제발." 나는 울지 않았다. 아직은 울 때가 아니었다.

질이 아버지에게로 다가갔다. 아버지의 거대한 몸뚱어리는 경련을 일으키고 있었다. 목구멍에서는 딸꾹질이 나왔다. 다른 상황이었다면 우습게 들렸을 것이었다.

질이 전문가처럼 확신에 차 말했다.

"거의 끝났어, 알잖아."

'거의'는 상관없었다. 나는 그저 멈추기만을 바랐다.

"제발."

질이 아버지의 얼굴을 향해 총을 겨누었다. 혹은 그 안에 남아 있는 것을 향해서. 비참한 고통이 담긴 자루.

질이 쏘았다. 총알은 아버지의 광대뼈를 뚫고 나가면서 얼굴을 산산조각 냈다.

아버지의 몸은 정지 버튼을 누른 것처럼 빠르게 움직임을 멈추었다. Off.

아빠, Off.

모차르트의 연주가 끝난 후 이어지는 적막 또한 여전히 모차르트라고 사람들은 말한다. 한 발의 총성 뒤로 이어지는 침묵에 대해선 뭐라고 할까. 한 남자의 죽음. 그 소리를 들은 사람은 그렇게 많지 않을 것이다.

나는 질을 바라보았다.

그 애가 거기 있었다. 내 동생. 그 애가 거기 있었다. 울고 있었다. 죽은 자들의 세계에서 돌아온 것 같았다. 기생충은 그 애를 죽이지 못했다.

나는 차이콥스키의 「꽃의 왈츠」를 흥얼거렸다. 이유는

모르겠다. 아마도 나는 그 노래가 내 모든 나쁜 기억을 가져가 주기를 바랐는지도 모른다. 다른 어떤 것도 더럽히지 못하도록. 공포는 사라졌다. 추격을 포기하기로 결심한 늑대 무리처럼 공포가 나에게서 떠났다.

아버지의 죽음 이후로 몇 주간은 잘 기억나지 않는다. 하얀 안개에 뒤덮인 채 드문드문 떠오를 뿐이다.

내가 정원에 묻어 준 도프카.

경찰의 심문.

경찰이 유일하게 알 수 없었던 것은, 총이었다.

그들은 총이 어디에서 났는지 알아내지 못했다. 아버지 총이 아니었다. 사실 그 누구의 것도 아니었다. 그 총의 일련번호는 어디에도 없었다. 제조업자까지 찾아가 봤지만, 카탈로그에도 없는 모델이라는 사실만 알게 되었을 뿐이다. 나는 어떤 형사가 어머니에게 이렇게 말하는 것을 들었다. "말이 안 됩니다, 존재하지가 않는 총이에요."

질의 설명은 명료하지 않았다. "내 책상 서랍 속에 들어 있었어요. 사냥용 칼 옆에."

총의 개머리판에는 이렇게 새겨져 있었다. "미래가 너를 지켜보고 있다."

이해되지 않는 상황에 경찰들은 지쳤고, 의심할 여지 없는 정당방위였기 때문에 아버지의 죽음은 파일 선반 위 종이 상자 속에 담겨 곰팡이가 슬게 되었다.

그리고 나는 내가 미래 어딘가에서 성공했다는 사실을 깨달았다.

나는 집 앞 돌 벤치에 앉아서, 이삿짐센터 인부들이 트럭 한 대를 아버지의 전리품으로 채우는 모습을 지켜보았다. 노아의 죽음의 방주였다.

한 수집가가 그 모두를 사들였다. 아마도 어머니는 그것들을 터무니없는 값에 넘겼을 것이다.

질이 내 옆에 와서 앉았다.

우리는 하이에나의 노란 눈 위로 낡은 덮개가 덮이는 것을 보았다. 하이에나가 정말로 우리를 떠나지는 않을 거라는 사실을 나는 알고 있었다.

트럭이 길을 떠났고, 나는 눈을 감았다.

내 삶의 2막은 정확히 그 순간 시작되었다.

하루가 저물어 갔고 내 이야기는 시작되고 있었다.

내가 잊어야만 하는 것들이 있었다. 내 목구멍을 따라 흘러들던, 피비린내 나는 야만적인 공포. 그것은 나에게 속삭였다. 나는 그저 살과 신경으로 이루어진 몸뚱어리일 뿐이라고. 나를 고통으로부터 벗어나게 하는 것은 갓난아이의 숫구멍만큼이나 섬세하고 약하다고.

그리고 내가 지켜야만 하는 것들이 있었다. 내 눈꺼풀 위로 내려앉는 황혼의 숨결. 내 안 깊숙이 잠들어 있는 격노한 짐승. 내 허리에서 여전히 느껴지는 챔피언의 손길.

그리고 질의 미소.

옮긴이의 말

이제 이 아이를 보내 줄 때가 되었나 보다. 가을의 끝자락에서 그저 무심히 받아 든 원고. 그 안에서 두렵고 아프고 외로운 한 아이를 만났다. 하지만 누구보다도 반짝반짝 빛나는 아이였다. 그 빛이 너무 눈부셔 조금 울었던 것도 같다. 원고가 내 손을 떠난 후에도 이 아이는 내 곁에 머물러 있었고 가끔씩 가슴을 먹먹하게 했다.

이야기엔 원래 우리가 무서워하는 걸 몽땅 집어넣기 마련이야. 그래야 그런 일들이 진짜 삶에선 일어나지 않는다고 확신할 수 있거든.

어린 동생을 안심시키기 위해, 역시나 어린 아이가 말했다. 하지만 그들의 진짜 삶은 이야기보다도 잔인했다.

한 번이라도 폭력을 겪어 본 사람이라면, 직접적이든 간접적이든 폭력에 노출되어 본 적이 있는 사람이라면 알 수 있을 것이다. 그 상처는 절대로 사라지지 않는다는 것을. 아물고 옅어질 수는 있을지언정 사라지지는 않는다. 아이의 어머니 얼굴에서 상처가 눈으로, 입으로, 이마로 옮겨 갔던 것처럼 폭력의 흔적은 몸 여기저기서 불쑥 나타났다 사라지고 또 나타나길 반복한다. 안전하다고, 아픔은 이제 끝이라고 느끼게 해 줄 누군가가, 혹은 그 어딘가가 없다면 결국 텅 빈 베갯잇 혹은 의지도 욕망도 없는 아메바가 되어 버릴지도 모른다.

그런 의미에서 가족 사이에서 노출되는 폭력은 더욱 잔인하다. 사랑하고 사랑받아야 마땅할 사이에서 행해지는 폭력. 온 힘을 다해 미워할 수도, 도망갈 수도, 안심할 수도, 치유될 수도 없을 것만 같다.

나는 누군가가, 어른이, 내 손을 잡고 데려가 침대에 눕혀 주길 바랐다. 내 생의 방향을 바꾸어 주길 바랐다. 내일이 올 것이고, 이어서 또 그다음 날이 올 거라고, 그러면 결국 내 삶

은 얼굴을 되찾을 거라고, 내게 말해 주길 바랐다. 피와 공포
는 옅어질 것이라고.

하지만 아무도 오지 않았다.

사냥과 TV와 위스키에만 온 정신을 쏟는 아버지와, 그
런 아버지를 두려워하는 데에만 온 정신을 쏟는 어머니.
친칠라에서 고양이로, 고양이에서 강아지로, 강아지에서
염소로, 자신의 분노를 쏟을 대상을 찾는 동생. 피 냄새로
가득한, 숨 막히는 저녁 식사 시간. 아무도 오지 않고 아무
도 손 내밀어 주지 않는 그런 곳에서, 하지만 이 아이는 길
을 찾아낸다. 자기 생의 방향을 바꾸어 줄 길을, 내일이 오
고, 이어서 또 그다음 날이 오고, 그렇게 진짜 삶으로 이르
는 길을 스스로 찾아낸다.

그 눈부신 여정을 어떻게 응원하지 않을 수 있을까.

이제 이 아이를 떠나보낼 때인가 보다. 하지만 이 아이
의 이야기는 아마도 오래도록 내 가슴에 반딧불처럼 남아
반짝반짝 빛나고 있을 것만 같다.

여름의 겨울

1판 1쇄 인쇄 2020년 2월 14일
1판 2쇄 발행 2021년 1월 6일

지은이 아들린 디외도네 **옮긴이** 박경리
펴낸이 김영곤 **펴낸곳** 아르테
문학사업본부 이사 신승철
문학팀 김유진 김지현 **디자인** this-cover.com
해외기획팀 이윤경
영업본부 본부장 한충희
출판영업팀 김한성 이광호 오서영
마케팅팀 김익겸 정유진 김현아
제작팀 이영민 권경민

출판등록 2000년 5월 6일 제406-2003-061호
주소 (우 10881) 경기도 파주시 회동길 201(문발동)
대표전화 031-955-2100 **팩스** 031-955-2151

ISBN 978-89-509-8541-7 03860

아르테는 (주)북이십일의 문학 브랜드입니다.

(주)북이십일 경계를 허무는 콘텐츠 리더
아르테 채널에서 도서 정보와 다양한 영상자료, 이벤트를 만나세요!
네이버오디오클립/팟캐스트 **[클래식클라우드]** 김태훈의 **책보다 여행**
페이스북 facebook.com/21arte 블로그 arte.kro.kr
인스타그램 instagram.com/21_arte 홈페이지 arte.book21.com